城市的憂鬱

胡晴舫

City Blues

所有的未來，都將成為過去。

而現在，只不過是謎底揭曉前的片刻寧靜。

Ⅱ——失業

Ⅰ——末日

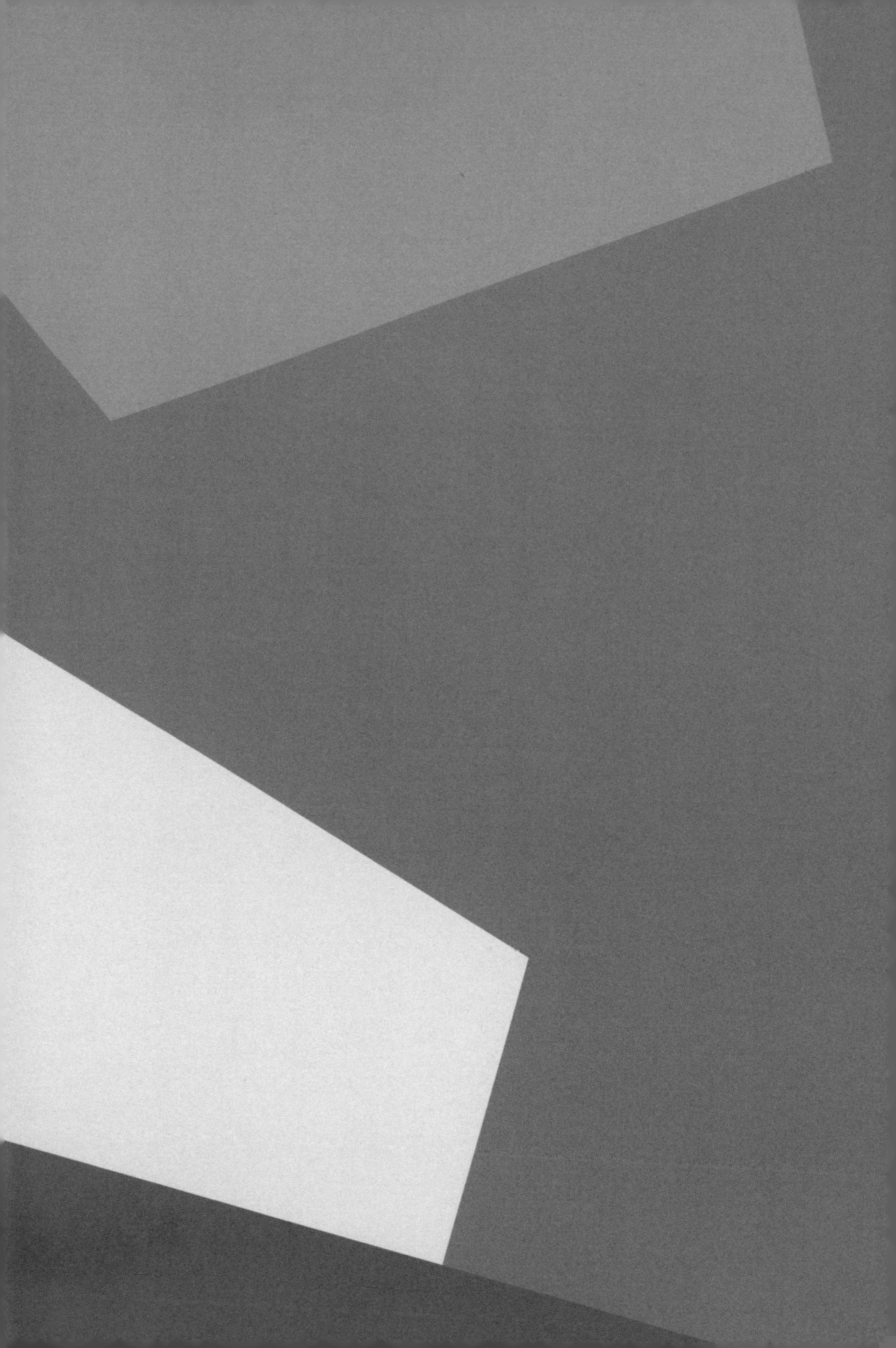

VII

而未來在我面前破滅

世上有座城市，總是企圖活在過去。縱使家家戶戶牽了電線，裝了網路，擁有無線電話和起碼五支以上的遙控器，夏天吹冷氣，冬季開暖爐，連開瓶器都電動化，他們依然假裝活在十八世紀，不斷翻修舊建築，盡力維護街道的原本模樣，收集雕花骨瓷杯盤，特愛手工肥皂的香氣，家裡電視藏在櫃子裡，時常忘記電影其實也是一種新科技。對他們來說，街上正在發生的事情都很俗氣，東西擺在博物館裡比較值得尊敬，人死了比活著更有價值，只要還在呼吸的人，他們通通沒有興趣。他們總愛長時間坐在咖啡館除了抽菸以外什麼都不做，忽視腳底下因為電車來去而不時發作的小地震，著迷談論早已遠颺的古代吟遊詩人，彷彿透過朗誦古老詩句，天天走在角度相同的街影之下，躺進式樣復古的皮沙發，摸著那些細心收來的古董藝術，整座城市包括他們自己都將不朽。

而有另一座城市，拼命想要擺脫過去。他們曾有輝煌的歷史，見識過帝國的風采，如今巍峨宮殿依然雄偉，色彩卻已褪了瑰麗，庭院鋪上時光的塵土，屋脊長滿除不盡的雜草，庫房裡積放曾經稀世的珍寶，全像失去了青春容顏的美婦，悶不吭聲等待遭人拋棄的命運。於是他們拉倒房舍，拓寬巷道，將河川蓋頂，砍掉祖先親手種植的大樹，只為了停泊辛苦買來的進口洋車。他們燒掉破爛古籍，唾棄那些過時的字眼，使用大量外來語以充當新時代語彙。新就是真理，只要老舊，便引以為恥。他們一心一意築高樓，拉高了城市地平線，加深了城市的陰影，太陽升得越高，那些扎眼的殘破宮闕便會自然落入新樓的黑影裡，就像灰塵被掃進地毯下。聞著新裳的特有味道，指間紅寶閃耀如血，資產曲線猶如搭電梯一樣火速爬高，當他們開香檳慶祝新樓落成，瓶蓋隨氣泡噴向高空，月亮顯得如此近，彷彿一舉手就能摘取。曾經偉大的城市，如今當起暴發戶，渴望使用剛掙來的新財富買來一個新身分，從此這座城市包括他們自己將脫胎換骨，獲得新生。

第三座城市沒有過去，也沒有未來。他們只活在當下。這一刻。不多一秒，不少一秒。他們不需看錶，因為每個人體內均有一座上緊發條的時鐘，不等鬧鐘醒，他們早已塞車滿城，擠爆地鐵公車，坐在辦公室電腦前，捲上商店鐵門，等不及充分利用他們眼中即將結束的一天。時間對他們來說不具任何意義，因為已經消失的昨日代表從不存在，尚未發生的明日只是個不具形體的抽象概念，唯有抓在手心的今日才是一輩子。他們想像不了海洋的年紀，沒空理會深夜墓園的竊竊私語，如果他們望著城裡的鐘樓沉思，那也是為了衡量保留鐘樓之後的觀光資源與拆除鐘樓之後的快速道路究竟哪一項帶來最多經濟利益。他們永遠在路上奔跑，像灰姑娘一樣趕在午夜鐘響之前享受人生的饗宴。他們拼裝他們的城市，如同灰姑娘臨時拼湊她的宴會裝扮，南瓜當馬車，老鼠當馬伕，窗簾當華服，玻璃當鞋履，一直到了宴會，即便已在心愛王子懷中，與他翩翩起舞，瞥見自己在大廳長鏡裡的美麗身影，她心中依然不踏實，拼命提醒自己眼前一切皆非真實，過了今夜，均將消失。再光燦華麗的夜晚，對他們來說，畢竟春夢一場。隔夜醒來，他們已經忘了昨夜王子的英俊容顏，懶得追問明日整座城市還在不在，對這座城市包括他們自己來說，只要趕在半夜之前提早收工五分鐘，忽然拉長了的今天已令他們有活著的喜悅。

接著，我住進了第四座城市，過去屬於未來，現在就是未來。未來不是未來式，而是現在進行式。

長久以來，當人們想要描繪未來城市，毫不思索，他們就會舉例這座城市作為典範。街道代替河流穿透城市，地下水讓道地鐵系統，高架橋宛如蜘蛛結網，在城市上空重重交疊。當人們仰望夜空，他們不會看見星星，而是盡忠職守的交通號誌不捨晝夜指示人生道路。摩天大樓鎮夜燈火通明，每格窗戶都明亮如情人的眼睛。霓虹看板不停閃爍，彷如患了多語症，對路人喋喋不休，解說自己剛剛發現的宇宙真理，像是沒吃過草莓麻糬就不算真正嚐過戀愛滋味、青春永駐才是人生硬道理、懂得聰明貸款就能維持家庭幸福。商店二十四小時開門，奇怪的是，顧客果真不分晝夜湧進，即使清晨四點半，他們依然穿著一絲不苟，相貌摩登，髮型不亂，皮鞋晶亮，好像剛從當月雜誌廣告走出來，而不是在夜店喝了整晚又吐了一地，終於死心打算搭清早第一班地鐵回家。

先進電子儀器是人們的新義肢，沒有那些科技產品，人們哪裡都去不了，不是因為肢體殘障，而是心理殘障。少了電信發射台，他們不曉得該找誰說話；呼吸不到乾燥不新鮮的人工空氣，他們將瑟縮發抖，渾身有毛病；查不了電子郵件，他們整日心惶惶，覺得人生失去平衡。他們必須抱著他們的手機，好像孩童緊緊擁著心愛玩具才能入眠。因此他們不喜歡去到科技無法覆蓋的地方，認為那些地方就像蠻荒地帶，不適合文明人出沒。他們沒事就待在室內，出門就搭乘交通工具，避免太陽的親吻，躲開雪花的撫摸。戶外活動成了一種自覺的休閒方式，不放假的日子裡，綠樹草地更像是一張掛在牆上的彩色海報，花卉養在溫室，池塘圈在公園，旁邊細心保留幾棟典雅古樓，宛如露天展示的立體畫冊，供人們偶爾思古幽情，周末換點心情。然而，每逢春暖，群花燦爛綻放，即使身處四十二樓高的辦公室大樓，全棟空調，門窗緊密，他們的鼻子依然盡責地猛打噴嚏，喉頭發癢，額頭微微發燒，街角藥房滿牆整櫃販賣各式藥丸、口罩、呼吸器，幫助他們對抗身體依舊牢牢記憶的花粉過敏症。

包裹在城市外表下的他們的身體特別柔弱。女人總是穿著鞋跟過高的高跟鞋，雙膝內彎略成八字，艱難沿著街面移步，身子搖晃，找不到重心，每跨一步都像即將跌倒。男人一上地鐵就閉目睡覺，體力常常不濟，雙眼無神，底下眼圈黑似浣熊，老站在自動販賣機前面，投幣購買提神飲品。報章雜誌詳盡報導養生祕方，餐廳菜單推薦保健菜餚，每處轉角都有便利商店以及按摩沙龍，朋友之間熱心交換情報，吃香菇去輻射汙染，喝小麥草汁抗衰老，按摩有利血液循環，每天倒立十分鐘能夠抗癌。時常，一棟不顯眼的樓房前面卻停滿車輛，人們川流不息，原來裡面有間診所，名醫包治疑難雜症，讓不孕夫妻生出三胞胎，令植物人甦醒，把壞死肝臟活化，乳癌不藥而癒。然而，比起赤腳醫師的草根智慧，未來之城的人們更相信高科技儀器和學名落落長的藥丸。當他們生病時，他們躺在電流通過的床鋪上，接受高輻射儀器檢驗，一小時內身體所吸收的輻射量超過他們一年正常生活的分量，身體只要有孔的地方就插入管道，沒有孔，就動刀切出一個口。當醫院請出那些儀器，人們全都肅然起敬，虔誠有如教徒，機器文明就是他們的新信仰。

這是活在未來的特點。你變得不相信人，比較相信機器。因為機器不會犯錯，人卻常常如此。機器理性，冷靜有邏輯，堅守原則，作事講條理，不會因人而異，而人情緒化，缺乏邏輯，時常自相矛盾，完全因人廢言，且愛衝動行事。若要確保一座城市永遠運轉無誤，比起愛情，科學的力量似乎來得更加可靠。

處處都有機器人提示音，代替真人解說如何泊車，如何買飲料，如何過馬路，如何繳稅，如何買拉麵，如何上賓館。再不用買雙鞋帶還要處理店員的心情或想吃碗豬排飯就得看老闆臉色，也不必為了偷情就得忍受服務生的勒索，更不再因為喜歡某種內褲款式而遭人嘲笑品味差勁。所有溝通皆通過機器進行，一切慾念均靠機器解決，萬事萬物都濃縮為一個樸素按鈕，甚至聲控，彈指，就能去到你想去的地方，完成你想做的事情。機器人做你的朋友，機器狗當你的寵物，你的孩子養在手機畫面上，每天靠你按鍵餵他一粒飯糰，他就會長高一公分，當他長到八十公分，你還能替他選讀兒童文學。你的虛擬情人忠實而深情，隨時待機，不分心情，保證連續性高潮，當她染上不知名的電腦病毒，奄奄一息，你將真心為她焦急擔憂，上網尋求解方，直到你為了搶救整台電腦，不得不殺掉她的軟體。媒介雖然改變，對象縱使不可思議，心碎的感覺卻真實無欺。

你的公寓暗藏各種機關，但求一個舒適。什麼都不必動手，家務全由電器代勞，碗盤有洗碗機，衣服有洗衣機，擦地有拖把機，煮飯有飯鍋，冷熱有空調，刷牙有刷牙器。浴缸自動放洗澡水，定量定溫，滿了會唱歌提醒在客廳看電視的你。馬桶座墊始終恆溫，保持乾燥除臭，你一坐下，它便開始奏樂，等你排空了腸內積物，溫水頓時如草地灑水器向上噴灑，輕柔清洗你的肛門，待你起身，身影觸動紅外線，馬桶立刻自主沖掉你所排放的穢物。據說，電腦沖水比人類來得環保，也就是說，即使關於如何使用馬桶這檔子事，人類還是十分不可靠。

有了機器沖馬桶之後，更無須費心馬桶以外的世界。科技將城市分割成無數蜂窩，供給每間蜂格水與電，每隻蜜蜂因此都安心坐在自己的馬桶，聽自己的音樂，洗自己的屁股。

就在這座機械文明登峰造極的未來之城裡，人類協心合力取得巨大的物質成就之後，卻各自分散，當起一隻隻繭居的蜜蜂。一個人可以輕易在這座城市過完一輩子而不必跟其他人類說上一句完整的話。唯一說話的對象是房子，在你出門忘了關窗或讓陌生人進到門廳時，她會突然像焦躁的女人不斷尖叫警告你，直到你緊閉門窗，把全世界鎖在外頭為止。當人們不得不離開自己的蜂窩，在街頭相遇，他們低下眼皮，不直視對方的眼神，認為這才是敬重對方的正確方式。嘴裡說著「請，謝謝，對不起」，心裡完整的句子是「請你別理我，謝謝你讓我清靜，對不起這不關我事」。

不惹麻煩，為首要城市禮節。但見滿城蜜蜂嗡嗡，各往不同方向同時飛舞，他們卻自有一套溝通密碼，不使混亂打結。很少看見哪隻蜜蜂撞上另一隻蜜蜂。他們總是很有禮貌彼此讓路，不斷彎腰朝對方表示敬意，深信自己的隱私就靠減少人際互動開始。對他們來說，衝突其實是邀請別人對話，給他人權利進入自己的生活。他們的微笑不是用來引誘你，使你念念不忘，而是為了表示他們的善良無害，請你別猜疑，敬請放心離開。千萬不要在我身旁流連忘返。我需要我的空間。

他們因此努力刷洗身體，特別注重消除體味，不想走在路上遭人認出個人的氣味，為了進一步迷惑，他們乾脆塗抹厚妝，在自己的臉上再畫一張臉，眼皮塗金，兩頰擦紅，頭髮染成海草綠，穿起精心裁縫的奇裝異服，猶如外星人降臨，站在公園前，對著每個路過的地球人發出生鐵撞擊的嘶嘶聲，假裝那是外星語。躲在面具之後，他們覺得自在安全。若你真要記得我，那麼，請記得我這副模樣。這個活似漫畫角色的形體才是真我，而不是那個窩在蜂巢之中、坐在恆溫馬桶上動不動就便祕的我。

但是，即使穿上離經叛道的服裝，塗上黑色唇膏，他們依然看起來那麼謙恭有禮。那撮金屬藍的瀏海不曾嚇阻誰，只是增添了他們的稚氣。如果靠近一點，你還能嗅到他們身上散發衣服柔軟精的清香。他們的野蠻氣味一點也不嗆鼻，反倒很好聞。

在未來，一切井然有序，人類生活按照機器的邏輯作安排，避免特例，嚴格把關，絕少意外。叛逆因此不過是一種生活情趣，跟酷愛種花種草沒什麼兩樣，而且只有周日才進行。

時常，我流連穿梭於未來之城的大街小巷，猜測他們如此迷戀酒精的原因。當人類想像城市的未來，他們提到了沒有輪胎的浮懸汽車，奔馳於宛如迷宮的交通網路之中，他們批評了每間公寓都會裝設的電視螢幕，懷疑這項原本設想對外溝通的配備正好讓政府機構用來監控人民的私密生活，他們也哀嘆人類已遺忘了體液交換的可貴，認真探討機器人與人類相戀的道德倫理學，最後得出機器人也有靈魂的結論，或，至少機器人非常渴望變成人類，譬如木偶皮諾奇就是第一個想擁有靈魂的人造機器，因為誰不想變成像自己的造物者，整部人類史都是人類企圖自己當神的紀錄，包括建造這座城市。城市，是人類離開上帝的完美伊甸園之後為自己打造的理想伊甸園。所有上帝禁止的事情，在城市都能做，包括愛啃幾顆蘋果就啃幾顆。過去人類因之預見了城市子孫的墮落，警告整座城市的毀滅，說到未來，人類將因為自己的錯誤而必須離開地表，重新再建造另一座地下城市，從此像老鼠般生活。

但，沒有人講到酗酒這件事。在這座人造伊甸園裡，其實沒有烏黑的煙囪、汙穢的暗巷，車輛循規蹈矩，每台都打蠟發光，交通號誌一塵不染，兩旁樓房明淨雅緻，街上見不到垃圾，無人吐痰，連狗也不隨地大小便。空氣清新，毫無讓人不快的惡臭，小孩不識排水溝，家庭主婦不懂什麼叫廚餘，男人縱使滿腋狐臭，他們也找到了療法根治。每座陽台均伸出薔薇花草，迎風搖曳，公園不知為何總是乾淨得令人想要在地上打滾，科幻小說裡那座陰沉黑暗的未來之城並沒有發生。人們用文學設想了最壞災難，於是在現實裡便預先防範了。伊甸園沒有扭曲走樣，完全按照人類所能想像的最大幸福去建構。尤其負責執行幸福的機器不會出錯，結果幾乎準確無誤。

這些理應快樂無憂的新人類卻總在喝酒。上午，剛在情人床上醒來的男人第一件事就是去冰箱拿罐啤酒。中午，剛從銀行辦事出來的老婦進到小吃店，來盤炸肉丸子，外加一大扎啤酒，看著街景大口獨飲。下午，幾個家庭主婦去接孩子放學之前先在咖啡館碰頭，分享一瓶紅酒。傍晚，辛苦了一天的公司同事相約去辦公室附近的酒館來段快樂時光，不消四十分鐘就乾掉了一打啤酒瓶。晚間，餐廳觥籌交錯，滿桌美食，城市人怕胖，無一動筷夾菜，卻不怕燒壞器官地拼命灌酒，個個喝得紅面泛光，眼白發黃，椅子都快坐不住了，依然勇猛乾杯。晚餐結束，還有下一輪。年輕上班族去酒吧，青少年泡夜店，中年生意人去酒家，更多酒精上桌，紅的、白的、黃的、棕的、粉的、藍的，什麼顏色都喝。

喝到一定程度之後，他們開始歌唱。每個音符都由肺部深處衝出來，他們敞開胸膛，拉開嗓子，伸長頸子，像一隻隻振臂拍翅的鴨子，傾力唱出自己想要飛翔的心聲，唱到忘情處，他們乾脆推倒椅子站起來手舞足蹈，清亮歌聲隨風飄上夜空，宛如鋼絲將他們整個人吊高，即將穿過城市天幕，飛往月球。

但他們其實找不到月球的方向，城市早已失去了夜晚，繁華燈火燃燒不歇，終年亮如白晝，這些醉醺醺的新世紀人類像神智不清的吸血鬼抱怨光線刺眼，哀號頭痛難受，蜷縮著身子蹣跚街頭，到處走動。他們全身沾滿嘔吐物，飄散濃濃酒臭，如同一座座臭氣沖天的小型垃圾場，為了配合他們眼中已經傾斜的地面，歪斜地走路，灌飽了酒精的身體不再輕盈，平時還算寬闊的街面忽然顯得擁擠，他們只好互相推擠，碰撞了人也不道歉，放棄了白日的禮貌矜持，他們站在路中心彼此叫罵狂喊，口齒不清地汙衊對方的母親，意圖揮拳卻舉不起手臂，而且雙腿無力，根本也沒人推他，他已經爛泥倒地，躺在路中央。遭到擋路的汽車只好停下，司機由車窗伸出同樣醉眼惺忪的一顆頭，想要加入罵架卻腦袋空空，連個簡單字彙都找不到，只好亂吠兩聲算是洩憤。

一個剛剛醒來的人最無法偽裝自己，所有城市的祕密也都在清晨揭曉。晨曦如薄霧灑滿全城，四下終於沉靜，蔚藍高空保證晴朗無雲的一天，晨風沁涼，送來噁心的嘔吐味和新鮮的尿騷味，到處都是隨手亂丟的空酒瓶、喝乾了的飲料罐，零食包裝紙漫天飛，街上有大衣遺落的鈕扣、破碎的燈泡、折成兩半的唱片，拆了封卻沒用的保險套，女用髮夾，和失去主人的耳機。機器聲轟隆隆駛近，開始清掃這團混亂，大型卡車也趕在正常日子展開之前運送所有物資進城。同時，其他在自家床上醒來的人們動手整理自己。

第一輛列車從鐵道終站緩緩開出，月台上那個東倒西歪的醉客彷彿戰爭時期的重傷病患，吃力地等待運回大後方，修護他穿了孔的身體。一上車，他就吐了。整輛列車頓時飄滿人體噁味，在重新恢復光鮮亮麗的白晝城市之中疾駛。痛快吐完之後，他氣喘吁吁靠回椅背，嘴角仍黏著一坨白色嘔吐物，但他已經渾身虛脫，沒有力氣用手背抹掉。他也不確定自己還有沒有手，因為他什麼都感覺不到。他的身體變成石頭，沉重，僵硬，動彈不得。然而，他一雙精疲力盡的眼睛縱然半掩，且充滿血絲，卻依舊像難以描繪的罕見寶石，隨著車廂光線的角度而變化，映照出飽含遺憾、憤怒、狂喜、狡詐、良善、貪婪與放縱的深沉光芒。

看似馴良溫和的文明外表之下，原來還是翻滾著野心、計謀、慾望、衝突以及伴隨無數嘗試的挫折。

城市曾是一頭獸。當你來到城門，那頭半人半獅的神祕怪獸會好整以暇蹲踞在你面前，跟你打個謎語，「什麼動物早晨用四條腿走路，中午用兩條腿，到了傍晚用三條腿？」你或許答得出來，或許答不出來。想進城，就得讓命運幫你敲門。

而城市這頭怪獸，抛出問題後便沉默不語，帶著謎樣微笑，朝你眨眼。那個眼神可能在說，無論你多蠢多笨多醜多老，你仍是我鍾愛的寶貝，進來吧；也可能在說，真遺憾，事情不如預期，下回再說吧。事情就是這般簡單，要不你征服城市，要不城市把你吃掉。故事沒到最後一刻，胖女士尚未引喉高歌之前，怪獸的反應無人能測，你的下場無人能定。即使城市本身，也不干涉你的答案。

我猜，這是為什麼我喜歡住在城市的原因，因為城市生活的每一天，都是人面獅身的笑容，永遠難以捉摸。

這張笑容或令你愉悅，引發體內一股亢奮的電流，對人生躍躍欲試，或讓你驚懼，腳步畏縮不前，只想找個洞窟藏身，從此與世隔絕，那股神奇的戰慄感無非只是面對生命未知所必然擁有的敬畏。

我們並不知道自己在這個世界做什麼。這是生命的事實。每一個人每一天都只是在跟命運猜拳，並用有限的智力，企圖回答擺在眼前的謎題。獸若顯得殘酷無情，不過是不打誑語的副產品。

住在城市，人學會誠實面對生活。當你進城的那天起，城市承諾了全部，卻從不擔保實現。它像一個坦白的危險情人，決定走進關係之際，你總是雙眼睜開，完全自願。它不隱瞞滑頭，不假裝憨厚，不自稱善良，當它甜言蜜語，滿臉濃情，它也不掩飾它的動機不過是企圖從你身上騙取點什麼。它誇言帶給你愛情、榮耀及財富，在你面前攤開一幅巨大畫軸，畫滿繽紛生命的可能性，撩撥你的想像，刺激你的雄心，你因此蠢蠢欲動，滿懷激情縱身躍入那幅畫中，它卻在最後一刻抽走畫布，讓你硬生生撞向一堵白牆，頭破血流。然而，就在你期待最低之時，半信半疑，謹慎邁入那座不知拿罪行還是美德當作裝飾燈泡的閃亮城市，竟然發現自己終於成為自己想要成為的那個人。

城市沒有說謊，打從一開始，它就告訴你人生無常。獸能為你開門，也能教你嚐閉門羹。他能給你的，只是一扇門。這是城市的本質。這是人生的真相。

未來之城保存了過去，收服了現在，期待一直活在完美的未來。他們用機器管理了自己的人性，卻依然無法馴服那頭寓言中的怪獸。管你街道多麼寬廣筆直，高樓多麼富麗堂皇，櫥窗多麼精緻豪華，而你人類用了多少力氣去規劃城市的藍圖，藏了複雜的排水系統，裝上繁複的電線網路，天天用熱水洗盡自己的穢氣，噴灑花卉香精，培養高尚嗜好，烹調豐富美食，引述哲學，談論電影，發明各種手段去掌控自己的周遭環境，包括你的天然髮色與花圃鬱金香開花的速度，城市這頭獸依然面掛謎樣笑容，優雅，不失冷酷，目不轉睛看著你。

喝酒，大概就是為了閉上眼睛，讓那張討厭的笑容暫時消失吧。如同不喝酒時勤奮擦拭地板，努力刷淨西裝，精算銅板買盒餐飯，仔細衡量應對進退的社交距離，都是為了延長答題時間。

謎底原本可以一直拖延下去，人與獸將在寓言中永恆拉鋸。然而，就在我住進未來之城的第十一個月又十一天，突然，大地震動，路面倏忽裂開一條深黑的隙罅，長風灌入，直通地心，住屋地基下陷，牆面出現一條條彎曲如蚯蚓的裂痕，電線桿倒下之時扯斷電纜，海水淹沒了桑田，摧毀核能發電廠，重新占領人類辛苦填成平地的海灣，並把城市殘渣推向內陸，再造一座山丘。汽車再也不能運轉，地鐵停駛，超市沒了生鮮蔬果，商店貨物不全，停了電的巨廈大樓陰森而黑暗，宛如高聳的墓碑。

城市從不保證任何事情，包括它自己的存在。

當城市崩毀之際，所有的過去、現在及未來也一併破滅。周遭只剩下一片生命結束之後的死寂。這時，我想起地鐵上那張醉酒的臉孔，突然意識到那才是獸的長相。我們總是以為城市折磨我們，卻從沒想過為了生存而不擇手段的自己才是真正的獸。人類發明了機械文明，四處找來能源，並不是為了馴養城市那頭怪獸，而是為了餵養自己這條小獸的胃口，所以我們才不必親自沖馬桶，可以用手機跟情人分手而避免看見對方哭，沒事就上網、打電動遊戲，以遺忘自己的無趣無用，一人一輛車上街只為了去買包芹菜，獨自在家也要打開所有電燈，製造一堆難看的短褲放在櫥窗，總是做了太多炒飯吃不完，然後每天哀嘆減肥非常辛苦，始終覺得該添購新音響，即便舊的還很牢靠，只是嫌它不夠好。

早晨四條腿，中午兩條腿，傍晚三條腿，謎題所描述的這隻動物其實寧可沒有腿，希望成天躺在全自動的安全環境裡，一切都手到擒來，不花任何力氣。城市不是什麼神奇不可解的巨獸，而是一座聽命於事的龐大機器，按照人們的期待而打造，一個按鈕一個動作。既然是機器，就有報廢的一天。

很久很久之後，我想，有些手足柔嫩的城市人會突發奇想，決定離開自己生活優適的城市，去到遙遠荒野探險，在那裡，他們會發現淹沒在沙漠之中的洞穴，幽深而陰暗，看起來很深。他們點了手電筒，帶著高科技配備，勇敢進入那片深黑的神祕。起初，洞穴只像是一般人類挖完便廢棄不用的礦坑，除了寒冷溼氣，什麼都沒有，突然出現一面牆，上面塗滿紅色圖畫，旁邊還有一行楔形文字。時代久遠，他們將不識得文字的意義。因此他們不會知道就在這個看似平淡無奇的洞穴裡，曾經有一座城市因人們的慾望而生，也因人們的慾望而死。他們只會很興奮用手機（或當時流行隨身攜帶的微型儀器）拍照，上載臉書（或當時流行的媒體），這個動作就跟喝酒一樣，能讓他們短暫忘記命運的謎樣微笑。

所有的未來，都將成為過去。而現在，只不過是謎底揭曉前的片刻寧靜。

VI

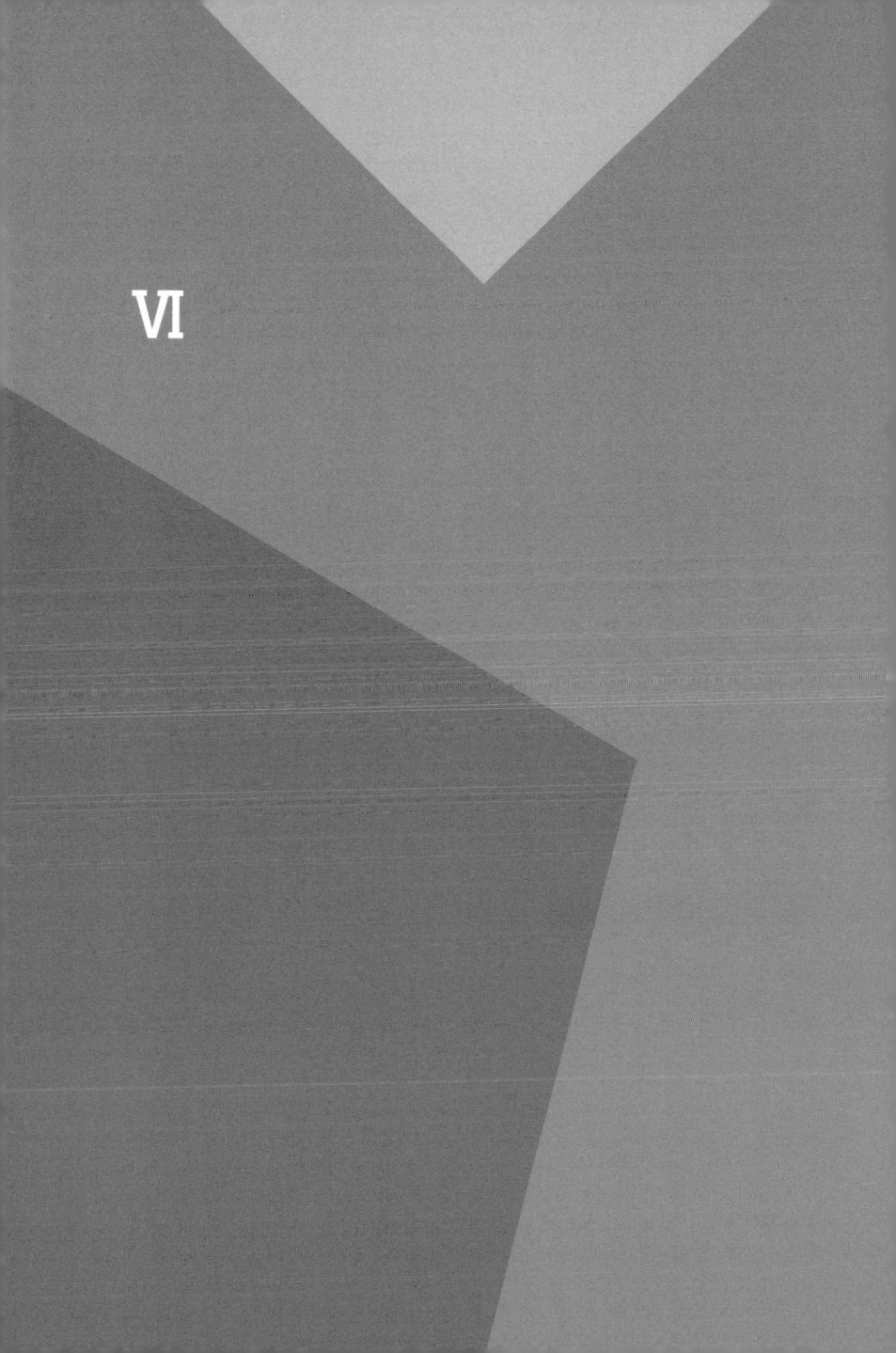

我慾望一座城市

所有城市的不幸皆大不相同，所有城市的幸福卻大同小異。有些自認不幸的城市於是想要藉由改頭換面來扭轉命運，就像拿著明星照片上整型診所，要求整成跟明星一模一樣的長相，以為有了神似的容貌，就能遇見傳說中那道叫做幸福的壯麗彩虹，高掛城市天際。

別的城市有高架橋和環城快速道路，我也要。別的城市有六星級飯店和歌劇院，我也要。別的城市有金融區和股票交易所，我也要。別的城市還有高達雲端的摩天巨廈，花樣產品從地面堆到天花板的百貨商城，居高臨下賞夜景的頂級時尚酒吧，不用走路就能送行人抵達目的地的自動扶梯，寬闊足以讓八輛車同時併駛的林蔭大道，任何死角都有路燈終夜不熄，地下三十公尺深的地鐵上也收得到手機訊號。我要，我全要。

這座曾經住過王宮貴族的歷史古都頓成一片灰塵滿天的巨型工地。滿街瀰漫的並不是晨光閃耀林蔭的翠綠氤氳，也不是河面泛光的迷濛水霧，而是夾雜了汽車烏煙、餐廳廚房油煙、工廠廢氣、各式機器瘴氣，以及大量人工建地所揚起的刺鼻塵霧。人類對城市幸福的渴望化身一只鋼錘，持續重擊大地，日日夜夜猛鑿地面，走在路上總感到腳底不時輕微地震，處處可見新近才硬生生挖開的地洞，長寬各一百公尺，彷彿昨夜外星飛碟急速噴射離去之後留下的巨坑，又像一張貪婪的龐然大嘴朝天張開，等待一棟金光閃爍的巨廈從空墜落。路面老是凹凸不平，人行道坑坑洞洞是常態，管線埋了又拆，水泥敷了又敲，空氣飄浮著粒粒可見的微塵，房屋裝修噪音變成永恆的城市背景音樂，生活在城裡的每一天都感覺像是古代長途旅客剛進驛站，疲憊，口乾舌燥，渾身肌肉酸痛，沾滿沿途風塵；而，這趟旅程尚未結束，依然路迢迢。事實上，永遠不會結束。因為城市之旅並沒有終點。

城市只會不斷成長。就像一個孩子不可能永遠八歲，城市也不會停留在第八世紀。人類的慾望代代更新，他們對生命的夢想透過物質凝塑不同長相的空間。城市因為人們不同階段的生活習慣而更換，而變化，而消長，而改裝。有時，一條彎曲的街道被拉直了；有時，幢幢矮房讓叢叢高樓取代；有時，平坦田野割出一條條運河，運河長滿水草之後又填平成一圈圈高速道路；有時，擠滿貧民家庭的舊社區強制改建成復古風味的高級購物區；有時，遭到資本遺棄的廢棄碼頭進駐了藝術家工作室。八世紀人類生活裡不存在的高速公路、機場、辦公大樓、地下鐵、巨無霸商場、抽水馬桶、汙水系統、網路線路，到了二十一世紀通通變成難以想像缺乏的城市要件。沒有了這些條件，城市就不幸福。管你古樹參天，寺廟庭院幽深，石雕拱橋下流水悠悠，少了手機訊號，沒裝冷氣，再怎麼冬暖夏涼的木屋都不能使這座古都的歷史更顯魅力。

人們對城市幸福的想像越來越統一。當城市旨在滿足最多數人生活需求，不免像輪胎尺寸一樣追求規格化，在意的是可重複性。無論何時何人來自何地，只要進入這座城市，都能像電器插上母體電源，立即搭建起一套有模有樣的個人生活。活在城市，就像活在一座組裝傢俱城，裡頭所有零件都保證互相兼容，每個進城的人漫步其中，隨手拿起什麼材料，就能拿回去像拼裝櫥櫃一樣拼裝自己的人生。雖強調自己動手做，拼裝出來的結果卻如同一模子刻出來的相像。

相似的不只是我們的慾望，相似的不只是我們的人生圖像，根本相似的其實是我們不知不覺習以為常的生活方式。為了容納這套相仿的生活，逐漸擁有相仿的城市。可以犧牲一點容許散步的綠地，不能沒有十秒鐘內升到七十層頂樓的高速電梯；沒法想像少了購物商城的日子，卻能過著缺乏新鮮氧氣的生活；儘可一再拓寬車道，就算人行道走到一半突然不見也無所謂。現代都市人的生命規格就刻印在城市藍圖裡。我們雙腳懸空，呼吸人造空氣，為自己打造了恆溫健身房，靠機器鍛鍊身體，同時，卻懶得爬樓梯或過馬路，出門就攔車，進門就翻倒沙發上，砍了綠樹然後天天從商店冷凍櫃買包在塑膠盒裡的生菜沙拉。我們對生命安排的優先順序拼裝出我們的城市。我們要速度，要方便，要移動，要安全，要舒適，既怕熱又怕冷，想要看見椰子樹的倒影，但不想遭到蚊蟲追趕。為了掌控生活環境，我們必須創造自己的大自然。

城市起初只是人類自然群居的一塊地方，好比河馬群住水塘、獅群占據草原，而今城市代表了超越本能的動物文明。其他動物不控制自然，牠們只遵循自然，順從自然，偶爾，耍點小聰明欺騙自然，替自己爭取多一點活命的時間。唯有人類決定征服自然，控制自然，甚至擁有自己的自然。城市即是人類為自己打造的大自然。城市固然優雅細緻，難免也野蠻殘忍，因為大自然的特質即為如此。即使是人造大自然，仍舊逃不過達爾文的演化論，弱肉強食，適者生存。走在城市街道，依然看見多少沒能生存下來的動物屍骸，曝曬白日下，默默腐朽，路人匆匆走過，無暇掬把同情淚，視之為自然的必然。

人造大自然甚至比真實大自然更兇猛。為了取得能源，讓人造大自然這個主題樂園運行無礙，為了容納更多更多遊客，讓他們品嚐童話般的物質生活，城市勢力一直在擴張，如蠶寶寶吞食豢養牠的蠶葉，城市逐步吞噬掉供養它的田野、山丘、溪流、森林、沙漠。

彷如火山岩漿的紅舌往外漫流，城市規模向外積極擴張。

南方那座海岸城市於是向海洋開戰。裝滿蔚藍海水的港口正一點一點萎縮，關於荒唐水手的故事早已被穿西裝打領帶的金融族所取代。當港口的功能從海路轉為空路，購物中心的營業總額超過停泊船隻繳納的管理費用，一夕之間，路永遠不夠用，地永遠不嫌多，海水卻已經太過張揚，必須削減它的版圖。孩子記憶中的城市有地鐵，有高樓，有高級服裝旗艦店，有地板清潔劑的香味，卻不再有海洋的顏色、海鳥的叫聲或密不見縫的林地。然，他不覺得有什麼不妥。不似他的先輩，他不需要港口停泊他的船隻；他需要一個乾淨明亮的停車場停放他的保時捷跑車。海洋不是他城市的要素，他可以沒有海洋，卻不能沒有游泳池、電腦、手機和愛迪達跑鞋。城市圍繞著他的期待而建造。港灣可以填平，人們的慾望不能停止。記憶縱然寫出美麗詩文，人類已經前往其他地方尋找他的詩意。

城市沿著時光軌道向前滾動。人們對生活模式的慾念在後推動。人類不能每晚手無寸鐵躺在燦爛星空下露天睡覺，也不能住在自然博物館般的史前環境裡。城市本身並不會開口說話，而它的存在卻敘說了一整部人類生活史。

每一座建造完畢的城，都是一個人類夢想的實現。高築岩巖的山城，傍河而居的水鄉，沙地綠洲的蜃樓，人類建築城市，為了建造自己的生活，城市的出現只是人類生活文明的結果。城市之所以美好、先進、精緻，因為人類美好、先進、精緻；城市偉大，因為人類偉大。同樣地，城市之所以墮落、腐敗、醜陋，因為人類墮落、腐敗、醜陋；城市邪惡，因為人類邪惡。

我如何慾望我的城市，我就得到如何的城市。確實，除了人類，其他生靈果真沒有如此強大的意志與能力能夠戰勝自然的力量。剷平百年榕樹為了開一間已經夠多分店的時裝鋪子，移山為了開一條稍嫌多餘的高速公路，填海為了建一棟錦上添花的豪華飯店，然而我依然感覺不到生命的喜悅，一股純粹生物性的疲憊反倒淹沒了我，令我覺得蒼老，脆弱，而且無助。

因為，在城裡，慾望是簡單的，快樂卻是複雜的。

這些人

至今，我仍無法決定自己對人類究竟該喜愛還是厭惡，信任還是懷疑，理解還是迷惑，憐憫還是鄙夷，親近還是冷漠。我對他們的情感一如他們對待我的方式，一直在兩極之中擺盪。

我活得不夠長，又活得不夠短。不夠長，卻長到我能像拿張白紙向著光源般，看見人類的外表之後總有些陰影如曖昧不明的浮雲，若隱若現，形狀萬千；不夠短，卻短到我不能分辨那些雲朵所代表的意義，不知是會帶來傾盆大雨的烏雲還是為大地暫時遮陽的白雲，因而無法對生命所釋放出來的各種矛盾訊息輕易感到釋懷。

如雲捉摸不定，人類令我高度著迷。

我無法將我的目光移開。每每，瞥見一個人影，不管在午夜寂寥的街頭、清晨空曠的沙灘、午後寧靜的林地還是正午荒涼的廢墟，只要我的視線攫住那一抹匆匆掠過的身影，如鳥兒拍翅擦過天際所留下的黑影，我便成了一頭豎耳傾聽的犬，警覺地關注他的去向。

常常，我坐在街角的咖啡店裡，注視輪番從街上走過的人群。目不轉睛地。任一杯牛奶咖啡的香醇煙霧在我面前迴旋、萎靡，憔悴，逐漸冷凝成白色油塊浮在黑色咖啡之上。咖啡總是很快地失去初始的溫度，就像生命的熱度終究必須轉涼。在冬季，咖啡尤其特別容易冷卻。然而，當那些猶如魚群在深海游泳的人們從冰凍的冬窗前面成群結隊地游過，一個接著一個，毫無間斷地川流過我的眼前，那個當下，我渾然不覺生命的寒意。

那些臉孔，和那些臉孔所展露的表情；那些眼睛，和那些眼睛所流轉的神采；那些肢體，和那些肢體所洩露的動機；那些嗓子，和那些嗓子所製造的聲音；那些體味，和那些體味所揮發的祕密。宛如造物主刻意放進他作品裡的一組神祕密碼，乍看之下，散亂無解，全然失序，一點道理也沒有。我以為，如果我夠專心、夠仔細去檢視眼前的這些人，像盯著一幅掛在博物館牆面的畫作一樣去理解創作者的動機，或許，在某個靈光乍現的片刻，我會從那些散落各處的蛛絲馬跡勾出一張指令清晰的地圖，而恍然大悟造物主把我放在這裡的原因。

這些人。瞧他們信步走在堅硬的城市路面上。如此美麗，如此醜陋。既尊貴又卑劣，聰明且愚蠢，誠實同時詭計多端，脆弱無助但充滿力量。他們那複雜詭譎的眼神透露著，他們知道，天地之間唯有他們有能力同時做出最具創造力也最具破壞力的事情。你不能去測試他的極限，因為他沒有。你也不可以去質疑他，因為他禁不起。如果你不能譴責他，最好也忘了讚美他。他難免膚淺，因為他深不可量。

不要問我如何看待人類。因為我還不能決定我的態度。

如果我厭惡人類，那是因為我厭惡自己。我之所以瞧不起人類，也因為瞧不起自己。我經常覺得我看穿了人類的虛偽，因為我清楚自己的虛偽。我曉得一個所謂的人要在這個地球和他的同類所創造的社會裡生存下去，需要多少的偽裝、猜疑、狡猾與妥協。

但我也同情他，因為我需要同情。我之所以想要愛他，因為我期待別人愛我。我看見他的掙扎，理解他的迷惑，知道他想要收集天亮的第一道曙光，作為今晚安眠前的慰藉。我無法不去替他思考他的靈魂，因為我關心我自己的。

因為我是他們，他們就是我。

而在城市，我對人群的迷戀終於戰勝了我對人類的厭惡。

看見以及看不見的城市

換副眼光，這座再熟悉不過的城市立即變身另一座陌生的城市。這裡講的不是日與夜的區別，也不是觀光客和居民的差異。對街正要過馬路朝我迎面而來的那兩個人，一個中產家庭主婦戴著她的遮陽草帽和防曬棉手套，兩頰撲滿蜜粉，穿著七分卡其褲，對她來說，這座城市的地圖以孩子學校、超級市場、茶店、時裝鋪子、郵局作為地標，而現時這刻與她並肩站著的那個年輕男子，一身廉價深黑西裝配白布鞋，沒有打領帶，層次分明的頭髮刷了油，眉頭緊皺不僅因為他不習慣的白日太陽，也因為對周遭事物的明顯不悅。趁著紅燈轉綠燈的空檔，他從胸前口袋倉皇摸出一副墨鏡，掛上鼻樑，他突然冷靜了許多的肢體似乎表明了他終於重新認清了眼前這些街道的意涵，包含了地下交易網絡與通往許多冷僻無人之處的交通路線，間中安插了可以唱歌的酒店、供應啤酒的熱炒路邊攤和隨時都有最新機型的電器行。（這是他們各自看見的城市。）

過了馬路，家庭主婦轉右去她的美髮沙龍，年輕男子落後一步往他的刺青沙龍。她步伐走得快些，肩上購物袋晃動，扯落半截手套，露出肘臂的烏黑淤血，此時她的眼神又恰巧與你相遇，壓抑了強烈的不快樂，儘是哀怨，你突然發覺她戴手套的目的不是為了保護自己的美麗，而是為了遮掩她生活中的醜惡。而那名年輕男子接了手機，一聽見對方的聲音，腳步不自主停下，專心談話至頭半傾，甚至拿掉墨鏡，露出溫柔眼眸，縱使置身塵囂，四周車水馬龍，他卻替自己和電話另一頭的人開闢了一個神奇時空，所以他們能夠相愛。

原來，你以為幸福的那個人其實並不幸福，而你認定體內怒氣充漲的另一個人實則漲滿了愛。故事並不始於整體表象，卻是最不起眼的細節。（這是你看見的城市。）

住在城市，就像活在一部永遠沒有結局的偵探小說裡。這部小說可能寫得很不入流，也可能結構龐大，邏輯飄忽難解，角色關係亂七八糟，前後毫不連貫，卻保證情節緊湊，峰迴路轉，每每急轉直下，意料之外的枝微末節影響全局，以為只是拿來背景襯底的龍套角色卻是陰謀操縱一切的幕後藏鏡人，沒法解釋的直覺疙瘩最後竟帶領眾人破了案。

不要相信一張過度熱情的臉孔，不要信任掛在臉頰上的鱷魚眼淚，去注意耳後沒擦乾淨的刮鬍泡，去分析沾在鞋面的爛泥巴。馬上站到你面前跟你討價還價的人並不一定掌權，沒說兩句就藉故離開房間的那個傢伙說不定反而能拍板定案。現在說是，不見得以後不說不，有時候不就是不，有時候不只是代表了有條件的是。（不要只看見你看見的城市。）

生命是一道謎，城市是一幅待湊的拼圖，每名都市人都學會當一名嗅覺靈敏的偵探，一天到晚在自己的城市尋找線索。事情永遠不是表面上看起來那麼回事，世界也許沒有真相，但總能列陳一些不容否認的事實，當做關鍵證據，雖然有時城市人寧願生活在謊言之中也不願面對現實。因為現實就像用來鋪路的石頭一樣唾手可得，一點也不值錢。價值這件事在城裡多麼曖昧，如果無法用金錢兌換，便頓失意義。若理想能換取鈔票，就不會比現實更差勁。

人不純粹，他所創造並生活其中的城市當然也不可能純粹。都市人就算本身不是罪犯，也多少懂得罪犯心理，或至少願意承認每個人類體內都藏有罪犯的影子。善與惡，就像硬幣的兩面，其實本為一體。就像全是明亮櫥窗的寬闊林蔭大道與堆滿惡臭垃圾的陰溼暗巷，全屬於這座城市的一部分。因此，最偉大的偵探與最惡名昭彰的罪犯假使有點英雄相惜的情緒，恐怕也不足為奇。福爾摩斯跟莫里亞提教授，哈利波特與佛地魔，故事裡，既是獨立氣質的兩個人，也是思想貼近的同一人。好人思考如壞人，才能防範壞人的計謀，而壞人扮好人，潛伏於好人之中，才有機會攻擊他的獵物。聰明的人大抵都想法相近，也擁有差不多的野心，只是他們征服世界的方法相異。

只是，什麼時候什麼東西什麼人讓分別善惡的那條界線模糊了，可能是午夜溼潤街頭的那場冷雨，可能是遇上停電而懸擺半空的那廂電梯，也可能是臨走留下深深熱吻的那雙唇。也可能那條界線從來不曾真正存在。

千萬別挑戰城市人的道德感。他禁不住誘惑，也從來沒打算抵抗。當他動念，他的表情完全不會顯現。如同上了牌桌，別期待賭徒會自動卸下他的撲克臉。

但你也能不動聲色地觀察著。像一名真正的偵探，在自己的城市遊走。每條街都有兩邊，任選一邊走下去，這條街都會看起來像兩條街。

街道

當談起一個城市，人們事實上在談論它的街道。

百老滙大道與八十二街口的書店，信義路靠近中山南路的劇院，東四十條胡同的小酒館，青山道的諸間小店，協和廣場邊上的咖啡館，攝政王路盡頭的百貨公司，令人們生活有滋有味的城市樂趣，皆來自街道的內涵。

街道是城市的血管，滋養人們的生命。街道流向何方，城市便何處繁茂。

旅人進入一座新的城市，他首先看見的是它的街道。街道的長相，就是這座城市的樣貌。彎彎曲曲的街道讓城市顯得神祕不可解，棋盤大道給了城市一股政治威權感，圓卵石街面散發思古氣質，建材四處堆放的街口予人狂熱開發中的印象。記憶中的城市，從街道的外觀開始，如同戀人容顏的細節蝕刻在心版。記得兩旁鋼筋大樓沒入天頂，狂風颼颼，裙擺緊貼大腿根部，好像走在深冬山谷最底部，記得一排排紅磚屋齊肩等高，家家戶戶院子都種了大如孩童頭顱的繡球花，二樓窗檯映照白色浮雲，記得街市萬頭鑽動，商家招牌必須高掛路中央才能引人注目，記得商店闔門，空無一人，微風無力捲起滿地垃圾殘餘，只能慢慢、慢慢推著往前走，記得高樹聳天，臂搭臂撐起綠意盎然的華蓋，時值正午卻宛如夏夜般沁涼，記得樓房殘舊，路燈傾斜，車輛排放黑煙，記得深夜暗巷垃圾箱溢出蛋黃餿掉了的惡臭，無數眼睛躲在緊閉窗扇之後窺伺貓咪在屋簷漫步，記得無家可歸的流浪漢睡倒路邊，沿途乞童如大陣蝗蟲尾隨路人不放。

記得幾條街，記住一座城市。城市漫遊者遵循街道。街道的方向，就是他前往的方向。

街道勾勒城市的輪廓，給了漫遊者一間全年無休的冒險樂園，賜予居民一份豐富的生活，形塑他們的性格。街道若高高低低，人們棄守自行車，依賴纜車通勤，上上下下練出一腿肌肉，早上出門眺望晨曦，晚上進門之前凝視夕霞，眼眸深處總隨穹蒼顏色變化，閃耀夢想般的漂亮光彩；街道若平坦寬敞，種滿蓊蔚草木，情侶親暱攜手散步，少年空地踢球，三姑六婆抱臂大嗓門聊天，老人拉了椅子坐在自家門口，人人眼眸明亮，友善注視他人，沒事就彼此攀談，直到天黑也不散去。

街道主宰城市的生理狀況。街道健康，城市便生龍活虎，樂觀勇敢，什麼創意都膽敢去試；街道稍感不舒服，城市立即天翻地覆，宛如腹瀉一發不可收拾，所有約會被迫取消，全部工作延遲，生活機能故障，人生又裸露出原始本質，充滿無能的焦慮。尤其當街道不安全時，人們不敢上街，城市整個停擺，淪落成一個堅不可破的牢籠，把所有人禁錮在一間間狹小公寓，孤單面對生命的恐懼。

就在這裡，大陸西岸臨海的平原，人們建立了一座漫無邊際的寬闊城市，若要開車認真繞城一圈起碼要耗掉一天半的時間。這座城裡，沒人下車，不是因為占地遼闊，而是因為暴力霸占了街道，且像血液中的毒素，迅速蔓延到城市的全身，整座城市就像患上重症，四肢滯重，欲振乏力，任紅眼蒼蠅嗡嗡飛繞也無能伸手揮趕，只是待在那裡粗重喘氣，懷著苦澀惡意，活過一天算一天。光天之下，空有美麗的太陽，街頭卻空空蕩蕩，少數仍然開店的商家老闆一臉警戒站在櫃檯後面，抽屜裡擺著私槍，父母把家中幼兒以及妙齡女兒關在屋裡，不准他們隨意獨立出街，唯一仍在街上自在遊晃的孩童早已自組黑幫，他們童稚臉龐上的肅殺之氣比溽暑熱風更叫人膽怯，有效驅趕任何活人離開街面。夜晚來臨，熱氣未散，藥販子佇在轉角，眼珠子骨碌碌轉，等著家庭主婦拿家用菜錢來替自己跟丈夫買點毒品，掛著死鳥屍體和不知如何飛上去的臭襪子的電線桿下，剛從鄉下過來的年輕女孩身上貼著極少布料緩慢來回踱步，幾個滿身疤痕的中年男子不懷好意地斜睨她們的青春肉體。路的盡頭不等於夜的疆界，越努力睜大眼睛想要看清街道前方的深重黑暗，越不可能看清楚，黑夜之中，只能感覺那團悶熱的幽黑似雲霧變化，時而飄散，時而凝聚，彷彿躲藏著一頭遭到詛咒而暫時形體消散的遠古惡獸，一旦牠找到了破咒的管道，牠便會立刻循路從地獄死城回到這個人間，一口緊咬住城市的咽喉。天空已經夠低夠黑了，街上僅有少數行人，個個形色匆忙，戰戰兢兢地祈禱自己趕緊平安到家，不會在路上剛好撞見牠從死域返回的那一刻。

街頭暴力是城市的癌細胞。壞死的地方會逐步侵噬健康的部分，直到拖垮整個身軀。貧窮是另一種城市所深惡痛絕的疾病，卻殺不死一座城市。雖然誇耀財富榮顯，城市其實專收畸零人種，不分貧賤老少男女，遭各種凡間形式放逐的靈魂都來到城市尋找屬於自己的角落，因為各人有各人的陰暗罪惡，沒有人會對你丟石頭，誰都有生活的重擔，所以誰也不唾棄誰的軟弱。想要生活的人離開城市，得不到生活的人卻進入城市，渴望藉份卑微工作和一張簡陋床板，以維持生命的基本尊嚴。縱使貧困如一隻鼠，漫無目的散步街道，呼吸著自由的風，他們還是能感覺這是自己的城市。因為所有街道對他開放，只要他口袋有錢買瓶啤酒和海苔飯糰，晚上有張屋頂遮風擋雨，有雙美眸隨意打量了他一眼，他就對明天依然抱有希望。城市裡，窮人漫遊街道，雖不富有，卻活得富足，富人反倒盡量與街道保持距離，因為離開了他那棟裝潢豪華絢麗有如天上宮殿的豪宅，周圍少了私人俱樂部那些懂得觀言察色的勢利眼，壅塞的街道不認識富豪車與平價車的價錢，汙濁空氣也不能分辨尊貴鼻子跟普通鼻子的差異，金錢權勢也許會為他買來愛情和地位，卻不能保證他獨享街道。街道，一視同仁。只要上了大街，就等於自願混入人群。放棄孤獨，必須分享，學習容忍。這裡不是你的華廈，不能一切都照你的規矩來，看見不喜歡的事物也不能開扇窗戶往外扔便是了，並且，所有你看不順眼之後隨手扔出家門的東西當然最後只能流落街頭。你一上街就會看見。城市街道逼使人們理解民主的精髓。

各種形式的街頭暴力因此像是城市的絕症。如同血栓，阻礙了街道的流動，令城市癱瘓，直接謀殺了城市的本質。一個不能自由來去的城市，根本不算城市。

唯有開放安全的街道，才能滋養出一座繁盛芬芳的城市。日夜不同風情，生命依季節循環，而，漫遊者晃晃悠悠地從這條街的咖啡館蕩到另一條街的書店，由公園小徑漫步到商業大樓，自雜藝劇院搭車前往城市另一頭的餐館，渾然不覺城市正在他腳下安靜地呼吸。他只是自私地從街道河流掬取人生的甘味，理它什麼春秋四季歲月如梭。愛情的步伐，不過是公園大道與第五十九街之間的距離；生命的轉機，或許是從百德森路與聖喬治街的街口開始。

街道前往的方向，就是他前往的方向。街道將他帶到那裡，他就去那裡。街道要他看見什麼，他就看見什麼。街道讓他記住，他便永生不忘。

觀察城市最好的方式就是觀察街道上的女人。當一座城市的街道到處都是女人來來去去，跟男人一樣獨來獨往，開車、工作、出遊樣樣都來，她們肢體輕鬆，緩步漫行，有時帶著幼童，駐足觀賞櫥窗，任由孩子搖擺肥胖白腿漫離她腳邊也不覺驚慌，我總是以為那必定是偉大城市的美好證據。她們身上的昂貴衣料訴說著城市的財富，而腳上的高跟鞋則透露了市內交通網路的先進和人行道的平順。

當漫步踱過露天廣場，人行道鐵椅上的女人正脫掉腳上那雙完全不合人體工學的美麗高跟鞋，摸著細如鋼釘的鞋跟，跟她的女伴抱怨今夏流行的荒謬，哀痛自己無端受苦的足踝。她們細瑣的叨唸迴盪於逐漸天暗的街心，涼風如水，複誦著她們的呢喃，聽起來更像是一段華麗的詠嘆調，而不是一曲哀傷的輓歌。不切實際的設計，當然不是為了讓她走路用的，而是為了幫她在幾乎無懈可擊的精緻生活再上一點奢侈的點綴。

如此一座城市。容許女人花銀兩買來可笑的鞋子，然後坐在街邊無病呻吟，不用擔心槍枝搶劫，不必排隊去買衛生紙，不需趕去悲苦勞動，不怕性愛強暴，只是痛恨著服裝設計師的愚蠢自大，然後討論待會去哪裡買雙新鞋來替換。原來，時常令人髮指的女性虛榮心其實是城市幸福的測量計。

街上稍微轉個頭，便輕易瞧見了。

一天到晚游泳的魚

真正的逃犯選擇藏匿城市，因為那就像一滴水投身海底般輕而易舉。

唯在城市，我成了名副其實的隱士。藏身人群，我只是一個普通影子。失掉了存在之必要性，沒有什麼亟待證明的生命方程式，連社會功能也極易取代；我，可有可無。世界對我不聞不問，卻仍收容我於那些迂迴纏繞的城市街巷，任我徘徊流連，不具任何目的地漫遊。穿過加油站，爬上天橋，走進郵局，經過燒餅店，我看見我的影子映照在帽店櫥窗，覆蓋了花店鬱金香的臉孔，不規則鑽進鑽出手扶梯的溝槽縫隙，溜滑下人行道斜坡，反射於辦公大樓的強化玻璃牆，陽光閃爍不定，角度微調，我的影子霎時變形，縮短，消失。當我轉彎，城市給了我一盞燈，又把影子還給我。然而，街面黑影雜遝，全與我一樣無名無姓，隨光線變化而忽大忽小，強弱不明，分不清誰是誰。一下子，我又遺失了我的影子。

微不足道，所以無羈無絆；毫不足惜，因此片刻都可惜。

共棲城市，猶似群居大海。浩瀚海洋宛如深不見底的夢境，承接了所有死者、生者以及來者的夢想，那些慾望的雜音、渴求的呢喃、瘋狂的祈禱，全被遼闊海水無聲吸納。偶爾，非常偶爾，有一小部分夢想掙脫了海水的控制，破浪上岸，翻滾嘶吼，讓自己得以聽見。大部分時候，夢想碎成再也拼不回來的千萬朵浪花，漂散海面，載浮載沉，隨波逐流，當天晴無雲，經日月拂照，才會像傳說中的祕密珠寶從海底升起，敞泳於寂靜穹蒼之下，粼粼綻光。

每回推開家門，走入街道，便有股潛入深海的奇妙感。大街就像那埋葬了時光歷史的古老海溝，各種海底生物多少世代都由此穿梭泅過，奔向各自的命運，而那些大樓窗戶宛如珊瑚礁岩孔，深藏肉眼甚至看不見的億萬生命，積極耕耘著他們的蜉蝣人生。海洋何其大，對他們來說，這片珊瑚礁已是全部的世界，足夠他們汲汲過完一生。那些路上奔波的魚兒刷刷游過我身旁，披著閃亮多彩的鱗片，散發淡淡魚腥味，我與他們之間，雖近猶遠，縱使貼身推搡，擦踵過日，厚重的透明海水依然製造了奇妙的距離感，讓每條魚兒昂首擺尾，從容優游著自己的生命軌道。

都說城市是一處孤獨的所在，實情是人人皆想當一條自由游泳的魚兒，不受拘束地到處游。並不是每條美人魚都需要上岸嫁給王子統治王國那般偉大的童話生活。留在大海什麼都不做，鎮日自在蕩游，反倒是岸上每位國王的夢想。

城市的孤寂，恰似海水的冰冷，正是清醒生活所需要的刺激。有時，誰也不管誰，因為誰都不要別人管。有幾百萬人口的城市就有幾百萬種死法，因為每種死法都敘述了一個獨特的活法。而城市這片廣闊海水，讓每條魚兒選擇自己的活法，造就自己的死法。

當了二十年會計師，有天起床決定當作家寫小說，沒人會大驚小怪。原來是賣粽小販，後來變成冷凍食品大亨，也很理所當然。嫌新鞋擠腳，光腳走路回家，沿途沒有一根眉毛挑高。情侶在咖啡館高聲爭吵，其他客人只會繼續喝咖啡，假裝沒聽見他們為性愛品質的爭執。老婆婆穿迷你裙去買菜，店員鼻頭長了顆紅腫的青春痘，電梯裡撞見隔壁鄰居帶另一個非丈夫的男子回家，中年男人在雜貨店門口倒立，年輕學生兩腳穿著不同顏色的襪子，有人離婚五次又娶了第六任妻子，有人傾家蕩產只為了收集火柴盒小汽車，有人天天早起慢跑作氣功，有人夜夜狂歡買醉，每個人都以自己的方式對某種價值表示虔誠，最後通通都坐在同一家餐館吃飯，搭同一輛公車，有時還買同一件外套，愛上同一個人。在同一片大海浮沉。

生活是一種隱私。城市裡的隱私，不靠圍牆。一個人鎖門、關窗，拉上窗簾，吹熄燈火，可以阻擋他人的視線，卻無法封鎖意圖窺探的評斷目光。再堅固的高牆也不能防範好奇心像根長針刺透牆身，再深沉的黑暗也難以阻止決心要看清楚的雙眼。城市講究的是世故的隱私。看見，未見得干涉；疏遠，不代表棄絕；冷淡，跟否定不全然對等；理解，卻無意控制。密如蟻窩的都市空間裡，生活終日環繞著人的眼睛，而那些眼睛卻懂得適度視而不見的藝術，讓你的生活回歸個人。

在人際網絡封閉的群體裡，人們以最近距離一起生活工作，一個人得到他人百分之百的支持呵護，也意味著他人完全進駐了你的生活。你每作一個決定，都得參照他人意見，服從集體價值，因為，你的生活，就是他們的生活。你的隱私因此逃脫不了熟人的監視。而熟人的關愛目光能比陌生人更具侵略性，更不願退讓。出自善意，以愛之名，為了避免你步入他們認定危險的歧途，為了防止你莽撞的想像力打破全體的規格，為了強制你符合他們對你的期待，他們需要介入你的日常人生，替你挑選朋友，參與你的愛情，決定你的職業，不准你從事他們不以為然的工作，不許你嫁娶他們不喜歡的人，不允你吃喝他們不贊同的食物，反對你讀他們不認同的書籍，譴責你採取他們敵視的立場。親，則狎。你的隱私，成了他們理所當然的資產。他們幫你縫了第一件洋裝，你只能套上；他們為你織了一床棉被，你只能蓋上；不管你喜不喜歡那些布料的顏色式樣。而你並沒有資格與他們爭辯，因為他們保護了你，支持了你，也就擁有了你。他們對你有生命的恩情。他們與你在這個世間相依為命。他們已是你的一部分，一個所謂的「沉重的甜蜜負擔」。你不夠獨立，因此你不能只是你自己，你只能屬於他們，所謂的「我們」。這個世界永恆一分為二，你跟他們的「我們」，以及「我們」之外的其他人。

城市打破了你的魚缸，將你放生大海，任你自生自滅。城市是一片陌生人所構成的汪洋，裡頭什麼人都有，有你們，有他們，有我們，有你跟我，有他和你，有她與我，有時什麼都沒有，只有你自己。

來不及培養感情，沒時間確認彼此的祖宗八代，生活在城市，迫使你接受由陌生人輪流充當你五分鐘的親人，依賴一個不以世交人情作計算單位的生活機制。

每天，你從陌生人手中買報紙，閱讀陌生人印成鉛字的新聞報導，去陌生人開的咖啡店，喝陌生人為你準備的咖啡，與更多更多陌生人一道疾步大街，穿越馬路，和陌生人擠在狹窄電梯裡，坐在同一列通勤地鐵，搭乘陌生人駕駛的飛機、計程車、公車，進入陌生人開的餐廳，吃陌生人烹調的菜餚；讓陌生人撫摸你的頭顱，剪你的髮，自動張嘴讓陌生人拔你的牙，脫到半裸讓陌生人上下按摩你全身；乖乖告訴陌生人你連戀人都不想分享的個人資訊，像是生日、三圍、病史，因為你去他們店裡選購內衣，想在他們健身房辦張會員卡，要他們替你打針吊點滴。

陌生人之間的盲目信賴，是城市存在的基礎。擦身而過之前，你這輩子從沒見過這個人，擦身而過之後，你可能永不再見他，可是，就在擦身之際，不早不晚的這一刻，他若在你面前滑倒摔跤，你不吝順手扶他一把；他迷路了，只要你心情還不錯，你會耐心為他指出方向；若他不幸突然仆臥街心，你立即設法叫救護車。你之所以如此做，因為你期待在相同情況下他也會為你做相同的事情。那是無情城市人之間一張從沒寫下來的友情契約。如同癮君子的借火協定，只要身上沒火，都能一派輕鬆當街攔下另一個同好，理直氣壯跟他討打火機，厚起臉皮時還能乞根菸。然而，借火，不是求婚，對方不會因此搬進你家跟你生一堆孩子，抽完這根菸，你們並沒有更親密一點也沒有更敵對一點，你們只是各走各的路。城市裡處處充滿這種隨機碰撞的人情，動機為了自保，最終姿態卻顯得高貴而利他。為了私利，必須無私。

而，這些人，天天與你在街上擦身而過的陌生人，有時影響甚至操控你的生命延續，卻不必然與你親密深交；疏遠到連姓名都不曾互換，卻負責經手你的個人檔案。他們扮演了生活夥伴，提供了生活要素，卻永遠與你保持至少一步之遙，他們無時無刻不看見你的生活，但他們總是適時別過頭去。你的生活，依然屬於你。他們不需要你開膛剖腹的忠貞，也會盡量文明地跟你活在同一棟大樓裡。縱使城市訓練他們個個貪婪而無賴，他們卻極少對你情感勒索，因為他們明白你不欠他們什麼，如同你明白他們不欠你什麼。弔詭的是，在看似各取所需的現實氣氛裡，我們其實需要彼此，依賴彼此，也幫助了彼此。

雜亂無章的城市生活，如同拼湊雜居的大型難民營，容許各個生命的難民來此找處角落喘息生養。每當站在街上仰望夜空，從高樓夾縫尋找星星應當所在的位置，身旁總有不相識的陌生人跟我作出相同的動作。是對生命抱持相同的美夢，是對人生追求相同的自由，讓我們忍受著四周的喧囂光害，依然相信頭頂有顆光亮的星星守護著自己以及身邊的每一個人。正因為我們都想從生命的困境逃出來，才來到這一座城市。你是你，我是我，你我就是我們，所有人加起來依舊是一個「人」。人的慾望，人的理想，人的努力，人的挫折，人的幸福，全匯集於城市這片大海，任所有靈魂平等掙扎，奮力泅泳其中。

城市令一個人赤裸，只剩下了如何生存這件事。

是這樣的默契，讓心碎的女孩半夜不回家，坐在吧台上要酒保一杯杯倒酒給她，逼不相識的隔壁酒客充當臨時的神父聽她坦白懺情，她知道無論她今晚說了多麼離譜的故事，每個句子都將如綠葉上的露珠，太陽一上升就會無影無蹤，因為對這些人來說，她一點也不重要。那股無所不在的強大陌生感就是厚重的透明海水，無論靠得多近，海水都能見縫流進他們中間，將他們各自安全包裹起來，讓他們看見彼此的存在，分享幾句話，卻不用犧牲什麼太過私人的東西。那個晚上，那些人身上的陌生感令她感覺放肆，能夠縱情暴露自己而不必擔心隔天早晨會遭到放逐的後果，就像網路一樣可以匿名而不顧後果。她沒什麼好丟臉的，因為他們根本不認識她。

而他們不會認真在乎她的心情，只把她當做一個喝醉的路人，隔日即忘，偶爾，他們眼眸深處會閃過一絲真心的同情，像天際一道閃電劈破他們滿不在乎的冷傲門面。她的狼狽人生在那一刻觸動了他們。不是因為她是他們的妻子或女兒或姊妹，而是生物對另一個同類不具動機的惺惺憐惜。因為同為人類，他們輕易從她的狀態聯想到自己，他們完全理解生命可以多麼殘酷，我們每個人活著的每一天都可能陷入此種陰暗夜晚，感覺見不到明日的太陽，絕望體認自己的夢想從此失落，愛情永遠不回頭，只能眼巴巴盼望死亡趕緊降臨的深痛哀傷。他們清楚明白，綠葉上的那顆露珠不只是她的故事，也是他們每個人的故事。城市生活教會了他們關於自身的渺小不重要。自由來自於無牽無掛——別人對你的無牽無掛。

奇怪的是，正是這種無可逆轉的生命悲涼讓每個城市人有了自暴自棄之後的堅強，彷彿世間再也沒什麼比自己人生更可怕的事情了，所以，此刻不活更待何時，若能抓住一點點現時的快樂，重金買條上班用不著的銅扣鏤花皮帶，百貨公司更衣間的一次深情偷吻，深夜潛入地下道用油漆罐噴隻肥貓，即使是溽暑夜晚來杯清涼啤酒，吃上一盤炒得恰到好處的青菜，都能讓他們得意萬分，誤認自己暫時欺騙了命運，戰勝了世界，征服了城市，替自己奪取了一把小小的幸福火炬，縱使當下整個世間都聯合起來對付自己，他們卻依然宣稱擁有此刻的勝利光輝。

稍縱即逝。

一如他們的生命。一如他們的城市。一如穿梭在城市街巷忽長忽短的我的影子，無論走過這條街幾萬個日子，都將不會留下任何痕跡。

所有微小的事物都變得珍貴，任何生命的片刻都顯得獨特，因為城市的本質即在破壞一種巨大之永恆的幻象。不容留戀，不能保有。連風乾了的記憶也無法阻止眼前一切事物的遲早的灰飛煙滅，讓天使倒著飛，其翅膀只會刮出巨大的焚風，燒盡所有親愛的美麗的珍貴的甜蜜的。

在新年倒數的那個除夕夜晚，舊的一年正在倒退，似乎感受到焚風的全力吹拂，帶點類似絕望的狂喜，許許多多都市人均臨街攔下當時最靠近身邊的那個陌生人，在對方嘴唇印下深深的一吻。紅唇嚐起來鹹鹹的，就像海水的味道。

都市人的表情

穿上那件衣服，別忘了也要穿上那款表情。少了那股眾人皆蠢我獨酷的孤傲感，都市妝就不算完整。

都市人考究儀表，彷彿昔日皇家娶媳婦，穿戴有規矩，出入講排場，舉止要氣派。渾然天成的自然美不適合城市。城市屬於人造，追求的也是後天的美感。再珍貴的寶石，進了城，都需要琢磨拋光。城市之美，皆關於堆砌，關於雕琢，關於擺設。宅第傢俱窗簾桌布華服霓裳胭脂香精珠寶器皿，身旁的伴侶、寵物，以及身後的場景，種種細節，拼出一幅奢華頹靡的城市人畫像，就像有時那個世上最令你厭惡的人往往反而令你近似變態地追蹤他的消息，雖然你如此鄙夷這些趾高氣揚的城市人，卻始終無法將目光移開。

吸引你的，並不是他那浮誇的物欲性格或他那些聲張虛勢的手勢，而是他那好像悟透萬物蒼涼的高傲表情。在城市之外完全見不到的品種。猶似罕見的苔蘚，只能在最黑暗潮溼的都市土壤生長，一出都市，立刻枯萎，無法存活。

都市人的表情就像鄉下人的口音，算是地方特產。城市生活宛如海洋浪潮，日夜沖洗著人生的沙灘，逐漸淡化了一個人的鄉音，卻在他的臉孔洗出一套全新的地表景觀，將他的五官重新排列，用他自己的肌肉擠出一股獨特神情，有點神祕，有點說不清的優越感，有點輕狂，有點冷淡，有點距離感，有點不想讓他人嘲笑自己卻隨時準備嘲笑他人的自命清高；有點孤獨，有點哀愁，有點脆弱，有點閃躲，有點渴望放下又無法置身事外的無奈。他看著你，卻看不到你，但他意識到你在看他，他因此略微自滿。

都市是座水泥叢林，那無法一語道破的表情成了提共社交保護的迷彩裝，用來迷惑敵人，並且讓他悄悄接近獵物而不被發現。更是一種高明的化妝術，妝點了原本平板的長相，像一道對的燈光，讓一個再不起眼的演員都能撈到新鮮角度，讓自己的臉孔看起來至少有趣，氣質有些味道，甚至，（都市人暗地祈禱）以自己的風格顯得獨特。

即使是醜陋，只要獨一無二，也算一種美麗。城市人如此堅信著。

城市看似華麗喧騰，能夠引人回眸的事物卻不多。雖然每塊廣告招牌都拼命叫賣，每條閃爍頸間的鑽石鍊子都意圖炫耀，每個錯身而過的路人都暗示勾引，每回占據新聞版面的社會事件都驚悚嚇人，他們都在叫喊，看我，注視我，留住我，請記住我。因為我絕對超乎你的想像，我將滿足你的幻想。我就是你的幻想。

城市所在乎的美麗因此並不是古典藝術那種不容更動一筆的黃金比例超完美，卻是法國文人羅蘭．巴特所描述的「刺點」。當你看見一幅景象，移開視線之後，又吸引你回去再看一眼的特點。什麼都能拿來爭奇鬥豔，只要為了成為那個他人眼中的刺點。

只要能讓你回頭。再一次，看我一眼。留住我，別忘記我，不要讓我走。當世界瞬息萬變，即使是一座堅固的城市都能如流沙從指縫滑瀉而去，我請求你，記住我的美麗。

他要我千萬別忘了他的獨特。奇怪的是，他的表情卻像在說，這個世界早已失去令他驚奇的能力。再不特別。

肉體的救贖

咖啡館裡，女子正在高聲談論肉體的救贖。

星期六上午，城裡人懶洋洋起床，到這裡吃塊麵包、喝杯咖啡，隨手翻閱周末的娛樂報紙。街頭行人稀疏，薄雲蔽日，每當清風動手撥開雲片，樹影便在窗前探頭探腦。

那名短髮齊耳的都會女子邊拉著正往下滑的薄紗披肩，邊嘟著兩片厚如魚嘴的豐唇，用一種性感的聲音，讀出桌上麵包的成分和咖啡的屬地。

有機麵粉，手打鮮奶油，天然蘋果醬，溫室番茄，無農藥噴灑的生芹菜葉，野地放生雞的蛋，夏天第一道初榨的橄欖油，人工研磨的豆腐，她把菜單上的名詞當作莎士比亞的劇本，大聲而緩慢地朗誦，不時抬眼，拋給坐在對面的男伴一個充滿誘惑的微笑。

整間咖啡館的人頓時都騷動不安，漲滿了歡樂的情緒。那些食物的形容詞，飄在半空中，有如貝多芬交響樂的音符，又有如色情片的對白，挑逗著他們的感官，令他們精神亢奮，官能激動，臉頰緋紅。一位老太太甚至沉醉地閉上眼睛，彷彿回憶起初戀滋味般甜蜜而感動。

短髮女子的五官並不出色，但她有股大無畏的自信，照亮她整個人的輪廓。她正在全力說服她的男伴，她為何是一個值得交往的對象。這次是他們第一次約會，她必須讓他在一頓早餐內就弄清楚她這個人如何地與眾不同。雖然她說的不過是一些食品的名稱，但這已經足以說明她個人的中心價值。

你瞧，我們的物質環境正在崩潰，而我們的肉體將先於我們的精神消散於宇宙四方之中。我們所呼吸的空氣含有致命的化學粒子，你可以從自己鼻翼擴張的角度感覺到事態的嚴重；水源地均被高度汙染，沿岸人類城市排泄大量垃圾，河川舉步維艱，再也無法盡情奔流；土壤飽含重金屬物質，你根本不敢吃那些土質滋養出來的植物；肚量大的海洋什麼都吃，早已成為人類塑膠製品的最大墳場，不知道還能再撈出什麼純淨的魚肉供你咀嚼。

她的綿綿情話忽然轉為末日景象的描繪，所有專心聆聽的耳朵不禁發癢，雖然她的語調仍是那麼濃情蜜意。

我們活在一個劇毒的環境裡，排毒已經成為她唯一實踐的生活信條。

她眨著睫毛，對男伴說，她堅持喝法國瓶裝水，天天在空調環境裡勤練瑜珈，只吃空運而來的生鮮蔬果，因為她再也不信任她周遭環境所提供的任何天然食材，也不相信每一吋她呼進的自然空氣。她放下菜單，撥弄她的秀髮，伸長白皙的頸子，強調這間飯館已是她在這座城市生活的最後避難所。

對她來說，有機食品在現代即是上帝的血與肉。她需要被拯救的，不是她那輕盈的靈魂，而是那一具無法飛翔的沉重肉體。

所有人聽見她的深情告解，不由得低下頭來，向著盤中飧，各自虔誠地禱告。而，她的男伴只是笑笑，喝乾了最後一滴咖啡，站起來去外面抽菸。

女店員

她只是一個賣帽子的女店員。但，在你進入店門的第一分鐘內，她決定她有權屈辱你。

她不擁有這間店面，就像小狗不擁有整條街，但小狗喜歡四處留下一窪尿漬，告訴每一個無意間闖入這座城市的路人，你腳底下踩著的這條路早已經被做了記號。

雖然那些記號不過是惱人的尿騷味，實在不構成任何實質的威脅。

在現實生活裡，牠畢竟只是一條對生活無力的小狗，對大步跨過牠的街道的你的腳步實在莫可奈何。但是，這並不能阻止牠不去做這件空虛徒勞的差事。這名女店員也是如此。她知道她不能真的傷害你，像是挫傷你的心或令你丟掉工作還是爭奪你父母的寵愛，她只是不想放棄一個能夠讓你稍微不快的剎那。

為了什麼，我不知道。很多人在做很多事情時都是動機不明。有時，甚至不是為了快感。他們只是感到一股模糊的直覺。不能解釋，也不能深究。他們只是做了。即使做了之後，他們也還是不明白自己為什麼有這種衝動。

我不想去分析她是否因為忌妒她的客人擁有比她高的消費能力，或因為她當天正好心情不適，如果你想讓她再人性化一點，你也能開始給她一個纏綿病榻的母親或是嗑藥消沉的丈夫，但是，我的想像力在瞥見她給了那名客人的眼神時停止。

站在她面前的這名客人長相普通，身高中等，打扮——唔，我連他的裝扮都想不起來了，總之，他不特別吸引人也不特別冒犯人，他最大的特徵就是他讓人過目就忘。電視警匪片裡的警探總在猜測，一名殺人兇手究竟如何挑選他的受害者。我覺得他們都應該來問問這名女店員。

她就這麼下手了。又快又狠。這名客人前腳剛踏入店門，後腳還在門外。她就給了他這麼一抹輕蔑得不能再輕蔑的冷冽眼神，像瞧見了一名正被送往刑場路上的犯人，而她必須使用她的雙瞳及時譴責他的永生。

她也許不是意圖鄙夷他，只是給他來個下馬威，你知道，就像小狗吠人，叫他們走路小心點。她可能想要表現出一股高貴的神態，讓她的客人知道她可不是一般店員，而這間店也絕非一般的帽子店。誰知道她在想什麼。就像我所說的，我不認為她那麼知道自己在做什麼，因為前一秒她完全不是這副模樣。她其實活潑可人，說起話來總像是在跟人調情。她只是看見了這名客人進門的姿態，就突然改變了她的行事策略。

沒有上下文地。

可憐的客人根本沒有機會。他一進門，就立刻中了埋伏。

多麼凌厲的眼神。一箭射中他。緊接著是強大的冷漠。她左顧右盼，彷彿這名客人根本不曾進到這間店裡。他連空氣都算不上，因為她根本聞不到他出門前刻意擦抹的香水。有人在說話嗎，她轉向我，詢問我是否需要幫忙。不是，是那名先生。喔，她悶哼了一聲，對著窗外的車水馬龍發呆，生意這麼清淡，而她無所事事。

他站在店中央，謙卑柔順的笑容逐漸淡去，代之以不明白的神情，然後怒氣明顯燒紅了他的臉頰。他猶疑，不能決定自己是否該發頓脾氣，也許女店員只是沒聽見他的問句。但是，店裡除了他，只有我一個客人。他的眼神充滿指責地看著我，我禁不住漲紅了臉低下頭。我也不明白自己到底做錯了什麼。

他很快地理解，他在不對的時間出現在不對的地點碰上不對的女店員。於是，就像他進場的方式一樣平淡無奇，他開門出去，連著把他廉價的刮鬍水味帶走。謝天謝地。自認在不對的時間出現在不對的地點撞見不對的事件的我急急忙忙要跟著離去，女店員卻笑著轉身，迷人而端莊，和和氣氣跟我說再見。我幾乎落荒而逃。

隔天，在進入一座閃亮華麗的大廈之前，門口的保安人員伸出手臂，一把將我擋下，查問我的身分與目的。旁邊，其他人出出入入，毫無阻礙。忽然，我明白，女店員、保安人員還是連續殺人兇手都不過是執迷於同一件事。他們以為他們有份小小的權力，而他們決定行使在你身上。至於為什麼是你，這麼說吧，你的突然出現，將他們投入一種不可告人的輕佻心境；此刻，他們想要對生命開個玩笑。

他們知道他們能夠，他們就做了。而你沒得抱怨，只能怨恨運氣的不濟。

乞丐

他半跪在兩條大街交流的熱鬧廣場，渾身宛如火山熔漿流過，髮毛稀疏，五官熔掉，皮膚崎嶇不平，透著橡皮的質感。他像是一個沒做好的塑膠玩偶，棄於都市一角，就算想快速腐爛也辦不到，只能任由都市灰塵恣意積垢在自己的軀殼上。

彎曲的他的背脊頂著購物商場的玻璃帷幕，爍映著落日光輝，與乍亮的都市華燈相互爭輝，彷如當初燒掉他全身皮膚的熊熊焰火，燦爛得令人睜不開眼睛，美麗得讓人心悸。

夜晚掩來，他所處的這座城市卻更加灼然光亮。其他地方見不到如此規模的富裕。美酒如驟雨灌入一個個敞開的喉嚨，香車如流水淹滿每一條街道，華宅如丘陵起伏改變了城市的地平線，霓裳如繁花燎原裝扮了街景，各地的珍味錦食通過順暢的交通要道送往城中的商店餐廳，集中在城市人的餐桌上。人們還未背起來香料的名稱便已囫圇下肚，嘴裡吐出骨頭仍搞不清楚是鷓鴣或乳鴿。還有那些器皿、燈具、傢俱、布料、金屬爭相閃耀，光彩擁擠而吵雜，令人眼花撩亂，如同城市所散發的氣味，隨便一聞，都是千百種故事等著訴說。

城市的富足快樂正在向人們招手，他卻賴在路邊用他的殘骸破相潑人冷水。

人們來到這處高樓矗天的城市，追求財富，滿懷夢想，實在見不得這個被命運灼傷的人擋在他們前往幸福的路上。經過他時，城裡人不由得加快步伐，假裝沒注意他的哀戚乞憐，暗自希望能儘速遠離，好像一個人在街心打了個響亮的噴嚏，走在他前後左右的人們本能地縮緊身子，即刻往四方彈跳開來，保持距離，深怕沾惹了想像中的感冒病毒。

在城市，厄運是一種傳染病，就跟死亡、貧窮一樣，人人避之唯恐不及。得了病，你的社交生活就立刻判了死刑。你最好躲進餐廳廚房洗碗，去公共廁所擺衛生紙，留在有錢人家的傭人房，到工地搬運磚塊，住到鄉下去，隨便窩到哪裡，只要你不出來街上招搖，別弄得大家都跟著你發病就好。

真是討厭死了，那些匆匆走開的腳步似乎在說。他不該明目張膽地站在這裡，昭示城市的無情。誰不知道看似平順的人生隨時能像出軌的火車，摔出橋外，掉落河裡，淹沒在綠波蕩漾的河面之下，但他應該知道他需要留在河底靜靜地生鏽，不該重新浮出河面，露出他那節毀壞汙穢的車身，那般觸目驚心，擾亂別人過橋的心情。

算你倒楣，城市生活原是一場賭博。哪一個敢在城市討生活的人不是天生的賭徒。當你把命運的骰了握在手心，撒手出去那一刻就該期待事情只有兩種結果：要不，你贏；要不，這座城市。

而那些自以為仍有機會賭贏城市的路人把臉轉過去，不願看見一個人被偉大城市碾過的下場。每一名賭徒就算心知自己勝算不高，也會自我安慰，或許自己的運氣就是特別好，或許自己的智商硬是特別巧，所以不會像這人輸得精光。每個城市人都私心相信，自己懂人情，識時務，頭腦精。對他們來說，倒在街頭討錢的人不是什麼無常命運的受害者，僅是單純地不夠優秀，工作不夠努力，不值得征服這個城市。與其說城市遺棄了他，還不如說他根本不值得這座城市。

可憐的人，他居然明白別人這點歧視的冷酷心思。他一直低著頭，拼命要把四肢當作棉被收納成捲，盡力要藏好自己的醜陋畸形，期望別人至少因為他的謙遜羞慚而善待他一點。他的臉容已然被命運毀了，擠不出一點表情，在他變形的眼眶裡，他依然靈活的眼神在懇求他的城市同伴，給我你的同情，不要放逐我，要知道我不是天生就是那麼不受命運眷顧，我也曾有過一張臉，一個名字，一張床，一份薪資單，甚至一個情人，幾個朋友。我也曾經像你們一樣，在傍晚下班後與家人親密地手挽手散步於大街上，一同去餐廳吃晚飯。我也曾愛人以及被愛，而且深深懷念那股滋味。請不要遺棄我，讓我有權力繼續活在你們其中。

然而，那些自我感覺良好的城市人繼續昂首，神氣活現地從他身旁走過去。頭也不回。

大人物先生

我就愛看大人物先生出場。

每次見他現身，都是上等的人生享受。黯淡冷清的宴會剎那間有了生物騷動的氣味，原先凝結於畫布中的人群像一塊折疊太久的藏布在風中活絡開來，神采飛揚，打算提早離去的人們此時停下腳步，彼此交頭接耳。所有頭顱轉向，眼神綻光，興味盎然地注目這位城市皇帝走進會場。

大人物先生並不腰纏萬貫，他只是夜夜坐在富豪的高級客廳裡，與他們觥籌交錯；他不拍電影不寫詩，但在周末下午，他會坐在咖啡館裡吞煙吐霧，周圍密密繞著才華縱橫的藝術家以及哲學家；他宣稱是政治白痴，但許多重要的政治領袖隨時都願意接聽他的電話，還帶家人同他一道去度假。你沒法用一樣職業去圈住大人物先生的身分，不能用世俗標準去簡化他的價值。他只是來到這座城市，然後駕馭它。

而他駕馭這座城市的憑據不是因為他蓋出城內最高樓，或是創辦出最賺錢的企業，我以為，全在他登場的姿態。他有股初次見面就打動人心的特質，讓你不能把目光從他身上移開，你想注意他的一舉一動，想傾聽他的一言一語。你觀察他移動身軀的速度，你想，花個晚上跟這人吃頓安靜的晚餐，一定遠遠勝過坐在一群無趣的陌生人中假裝聆聽一場索然無味的三流歌劇。

這就是大人物先生受歡迎的原因。他打扮根本不新潮，他的長相勉強稱上乾淨，他的出現卻總是教空氣起了變化，改變了普通場景的氣氛，就像一名高明的廚師在巧克力蛋糕端出廚房之前，隨手輕輕綴上一顆發出絲絨光澤的紅莓，本來平淡常見的黑色糕點頓時成了嬌貴的手工藝品，讓人精神抖擻，垂涎欲滴。他讓生命顯得如此輕易，令你禁不住想要微笑。

不，大人物先生不寫詩，因為他就是詩，就是音樂，就是迷人的舞蹈，就是城裡最大的霓虹招牌，在最黑的深夜照亮整座城市。

當一名旅人進入城市，瞥見大人物先生，就像目睹一處喧囂的瀑布，一座巍峨的奇峰，或一條動人心魄的海岸線。

一道險峻的岩壁就是一道險峻的岩壁，你所能做的，只是屏息站在那裡，深深領受它的偉大。每個人都知道大人物先生其實除了成就他自己這段都市傳奇，從沒做過什麼真正有意義的事情，可是無人在意。因為大人物先生並不是為了改變我們的世界而誕生，而是為了增強我們對城市的想像而出現。

大人物先生是一種抽象的概念。他代表了某種生活方式，某種價值，某種存在，唯有在城市才會實現。他的存在，印證了我們每一個人對城市的期待與野心。當一個人類如高樓從城市的地平線轟然崛起，跟著美術館、歷史古蹟、新潮大廈、河畔公園與體育場一起成為城市的風景，你只想讚嘆。當你去到森林，你期待見到挺拔的大樹，當你來到城市，你期待看見大人物先生。在大自然的荒野，大人物先生不是萬王之王；在人類的城市，他卻若上帝般呼風喚雨。他象徵了這座城市。

謠言說，大人物先生出身寒苦，錢財來路不明，交友龍蛇混雜，為人圓滑狡詐。在城市之前的他，其實什麼都不是。可是，這不就是城市的奇妙之處嗎？城市，讓每一個身世卑微的混混都有機會站上世界的頂端。

在這個金光閃閃的夜晚，他悠閒踱入宴會，彷彿不是計畫中，而是不小心路過。一如往常，他迷倒在場的全部靈魂，很快就把整個場子變成他的。香檳酒還沒有喝光，人們已經雙頰酡紅，亢奮失常，像一群等待餵食的雞鴨，焦急盼著他臨時起意的友誼。

而我要趁自己還清醒之際高舉酒杯，敬你，每座城市的大人物先生。

醜聞小姐

鬧醜聞就像拍裸照，她說，只要脫了，再沒吸引力的肉體都能讓人們至少看上一眼。因為人天生就愛看熱鬧，縱使他們嘴裡碎碎唸著譴責，身子依然不由自主再往前擠一點。何況，光靠讓人喜愛本來就不夠引人迷戀，你還要激起他們一點恨，一點厭惡，一點害怕，一點什麼其他情緒，就像目睹車禍屍體，路人越驚恐越難以把目光移開。她的醜聞就像一樁天時地利人和的世紀大車禍。

一下子，她就紅了。終於。

如今，城裡什麼大小場面都想邀她參加。奢華耀眼的名流宴會，神祕不為人知的富豪飯局，莊重正式的藝文盛會，時髦勢利眼的時裝秀，星光閃閃的頒獎典禮，邀請電話不斷，卡片紛飛進她信箱，名店開張請她剪綵，畫展開幕要她出席，新酒品嚐會也想她帶頭開香檳。路上隨時都有民眾攔她，拿著手機要求合照。

剛來到這座城市時，她以為，唯有認真踏實才能受人賞識，達成夢想。她挑了艱澀學科，沒日沒夜研讀，拒絕所有男孩的追求，三餐以麵包匆匆果腹，當她開始工作，她戰戰兢兢準備履歷表，刷卡欠債只為了買一套像樣的套裝和一支顏色根本不襯她膚色的減價口紅。每天她第一個進辦公室，為主管倒茶，裝訂影印文件，自動發想提案，當廉價勞工加班，坐在會議室禮貌傻笑，只求不討人厭。即便她如此勤奮投入，其他資深同事依然對她這個外表樸素的普通女孩視而不見。大城市裡什麼都不缺，尤其是等待機運改變生命的男人女人。

日日如履薄冰，深怕稍微鬆懈，自己這艘小船就會立即翻覆於一片無盡城市汪洋之中。回想那段日子，竟是她人生的精華歲月，她卻不復任何鮮明記憶。沒有愛情的火花，沒有甜蜜的私密悸動，沒有懶散的幸福時光，沒有值得一輩子擱在心底的某張容顏，只有單調灰暗的辦公大樓，夾道同樣無色無彩的蒙塵街頭，灰撲撲的髒汙車輛從不知減速，只懂按喇叭，地鐵月台人群永遠看不到盡頭，還有辦公室響個不停的電話鈴聲，老舊洗衣機吃力轉動的持續喘息，以及樓上鄰居深夜老愛放古典音樂，音量宛如舉辦大型戶外演奏會。

她毋寧相信自己仍是當年那個滿懷善念的小女孩，中規中矩，守著她對人生的信念——她再不用「原則」兩字，這年頭不流行這類字眼，就像那天派對上有人不小心溜口「理想」、「價值」，旁人都高高轉起白眼，滿臉嫌棄，悶不吭聲捧起酒杯走人。事實上，只要是名詞都褪了光彩，不夠時尚，因為所有名詞都太厚重，過度具體，早已不適用她逐漸摸索出來的城市生活。城市擁抱動詞，「打破」、「追求」、「出發」、「征服」、「前進」，連形容詞都像是累贅的行李，只會妨礙行動的速度。她後來學會了，城市要的是永恆的改變，不是永恆的不變。

醜聞爆發後，她的照片上了報紙頭版，她的名字高掛網路搜尋排行榜，電視螢幕每小時便重播一次她的面孔，叨叨絮絮敘說她的故事。故事裡，自己成了一個陌生人，看似有著相同身世，卻像一面鏡子的倒影，形貌拷貝，卻左右顛倒，靈魂各屬，彷彿她忽然有了一個孿生姊妹，晚了幾十年出生，而且一蹦出世就是成年人模樣。

她以為她該羞愧，躲在家裡不敢見人，擔心從此找不到像樣的工作，失去原本就寒酸不成樣的人際關係。她甚至意圖自殘，邊啼哭邊寫下數萬字遺書，而今這些類似祕密日記的文字就像私人拍攝的性愛錄影帶，說是不意公開，她不但親選封面，還挑了新造型，準備一連串宣傳活動。

醜聞令她身價百倍。讓她一下子站上了全世界的屋頂。不是她耗費青春辛苦掙來的高等文憑，不是她努力培養的高尚情操，不是她自以為豪的善良心地，而是她一不小心意外失足之後的結果。墮落，反而爬得更高。一夕之間，她成了家喻戶曉的人物，連三歲孩童都能將她的名字朗朗上口。女人嫉妒她，因為她有名氣；男人渴望她，因為她有名氣；年輕人想變成她，因為她有名氣。他們根本不管她的名氣怎麼來的，因為活在千萬無名人口的變動大都會裡，唯有名氣才是真實的生命本錢，代表一個人終於被認知的存在；不然，你只是一縷飄浮的鬼魂，就像過去的她一樣，輕飄飄，比空氣重不了多少，只能像一枚動詞不停穿梭於大街小巷，無法歇息。

唯有把你的名字變成名詞，你才會有重量。你才有資格要求這座城市讓出一點空間。她說，這個世界看似不稀罕名詞，其實人人都在說謊。

誰都是魔鬼

因為我有，所以我可以。

因為有點錢財，中年貴婦便把勢利的微笑，連同她碎鑽金框大墨鏡一起，架上那張花費不貲的臉，她手裡牽著的那隻狗也跟著主人搖尾擺臀，好不神氣。

需要全天下讓路的還有那位老先生，趾高氣揚猶如皇室駕到，期待所有人都屈膝哈腰，掐指立即滿足他的要求，不得怠慢。笑容如同炎夏的厚棉被收了起來，皺紋一條條全擠滿了傲慢，他對年輕人沒有耐心，只有鄙夷，因為他有地位。

走在街上的美女自認有資格奴役其他人，因為她擁有別人垂涎的青春美貌；開著跑車橫衝直撞的名流覺得警察不該開他罰單，因為他有點名氣；占據了整個車廂大聲喧鬧的年輕朋友不以為需要尊重落單的乘客，因為他們有群體當後盾。

因為各式無形或有形的財富，這些人感到富足。而富足在城裡被視為一種美德。人們渴望富足，追求富足，因為富足將增加他們的道德本金，讓他們高人一等。

雖然，富足之後的嘴臉既不美麗也不驚人，猶如失去了生命熱力的隕石，堅硬、冷酷而醜陋。但，人們太易自滿，對財富的定義如此鬆懈，以為城市已經提供了世間所有榮耀，不需要再去其他地方尋找。

上帝一定沒料到，人們其實不介意長得像魔鬼，如果這意謂著他們得到他們認為的富足。

公園哲學家

流浪漢衣不蔽體，體味濃重，沾滿各式想像得到與想像不到的城市惡臭，如同香水製造的過程，不同香精混進了他這隻瓶子，互相撞擊，產生了化學變化，因而變成了一種沒人聞過的全新氣味，而每個無意間嗅到的路人都會吃驚皺眉，脊樑猛地豎直，彷彿遭電擊了一般。

一臉黧黑，手臂深褐，因為長年睡在公園外頭過度曝曬以及從不洗澡的緣故，頭髮油膩結球，指甲嚴重毀損，每處身體皺摺都藏汙納垢，灰塵厚積成土，泥敷肌膚表面，幾乎能直接在上面種花種草，靠汗水澆灌。當汗流成河，川流過他的「地皮」，整個軀體馬上變成一幅活動地圖，詳盡記載了河川與農地的國土分布。

每個進公園來的人必得經過他，門口那塊十大禁規的牌子下就是他的家。他全年無休守著公園大門，比公園警衛還盡責，像是十大禁規裡不准園內騎腳踏車，他看見有人牽車進去還會上前規勸，不過，他不用開口，光他往那些人面前一站就足夠打消那些人牽車進公園的念頭。大部分附近居民早已對他視若無睹，把他當作公園景觀的一部分，如同站在猛獅噴泉後頭的那尊半胸紀念雕像，開園以來就一直默不吭聲站著，堆積了灰塵又沾滿了鳥糞，從沒人花功夫多睬它一眼，也不追究它的身分，只知道它是雄性，因為長著一把濃密大鬍子。名垂青史，原來不過這麼回事。

無論雨晴，流浪漢這尊雕像堅守崗位。上午他往往昏睡不起，像一隻前夜玩樂過頭的貓兒，帶著「無論你做什麼千萬別吵醒我」的睏倦表情，蜷曲在一床破絮外露的骯髒棉被下，無視通勤行人腳步嘈雜在他身邊踏來踏去，鼾聲如雷，毫不客氣與汽車喇叭聲較勁。中午，他悠悠轉醒，擦擦鼻水，眨巴著新舊半乾的眼屎，提起布料破爛到難以紮緊的褲頭，倒出行乞杯底的幾塊銅板，不知去向。到了下午，精神飽滿的他拿著垃圾桶撿來的過期報紙，上面沾滿各式食物醬料，有時版面還缺一角，他依然煞有介事地高舉報刊，大喊號外，企圖賣給行色匆匆的路人。

他不是那種會引述蘇軾赤壁賦的高雅乞丐，也不是那種沒有意志將自己從酒瓶撥開的糊塗醉鬼，也許有個善良妻子和一對可愛兒女在遙遠他方思念他，等他回家，但他顯然將他們當做一樁在外地旅遊時意外發生的刑事案件，既然他已經成功逃脫現場，就沒有理由再喚起不愉快的記憶，更遑論回去案發地點。

時常，他雙手緊緊攀著公園柵欄，把一張單調闊臉擠在兩支鐵杆之間，一對充血眼睛沒有了睫毛，眼袋奇大，閃著瘋狗般的光芒，掛著孩子貪戀注目櫥窗裡電動火車來回奔跑的表情，熱切窺視園內活動。嘴角斜勾一抹知情者的狡猾冷笑，彷如他正目睹一個天大陰謀光天化日之下進行，全世界渾然不覺，只有他一人了然於胸卻不打算舉發，穩坐他的老屁股，等著幸災樂禍。有次，他抓了一個不知道當地生態的外地遊客，聲音渾厚像名老牌學者，大發議論，「……看看那邊一堆小白兔蹦蹦跳跳在放學，幾隻母老虎滿臉兇相在咖啡館議論他人是非，轉角河馬夫妻開麵店，店裡坐滿剛打完籃球全身是汗的年輕狼犬，一邊狼吞虎嚥吃麵，一邊緊盯隔壁首飾店仙鶴妹妹那雙長腿，你告訴我，這座城市怎麼不是一座野生動物園？只因為看不到獸欄，你就不是一頭活在牢籠裡的動物？」

他越說越來勁，使用他的句子宛如機關槍子彈，劈哩啪啦朝城市空氣濫射：「沒錯，城市就是你們的獸籠，你們這些醉生夢死的動物，愛洗澡噴香水，用手指打電腦，拿筷子吃飯，一臉得意陶醉，表現得自己很能替自己作主似地，其實你們不過是一群訓練有素的動物，你們的生活只是一齣按部就班上演的馬戲。他們圈了一塊地，蓋幾棟樓，放上假山假水，叫它城市，把你們這些動物放進來，讓你們在裡面吃喝拉撒睡。表面上，你做什麼都可以，動物之間爭得你死我活，靠叢林法則求生存，但其實背後有個動物園管理員才真正操控一切！他們冷眼觀察你們，監視你們，控制你們，你們的一舉一動都在他們掌心之中，他們用那些紅綠燈規定你們走路的方向，拿那些垃圾廣告洗腦你們的思想，他們叫你們跳火圈就跳，叫你們地上打滾就打滾。城市是一樁陰謀，誘騙你們這些愚蠢動物加入馬戲團，乖乖供馴獸師奴役，替他們賺錢！你要不相信我的話，你自個兒試著往城市邊緣去，看看那裡是不是有道通了電的圍牆等著你，只要你膽敢越池一步，動物園管理員就會立刻出動追捕你，把你趕回城市圈子。但他們其實也不用這麼做，因為這世上大部分人也不敢衝過界線。他們寧可庸庸碌碌地過一輩子，只求一種虛幻的安全感。他們不要真相，因為真相對他們來說一點用處都沒有。」

口沫亂噴，手勢撩亂，亢奮眼神游瞟四處，深幽瞳孔放大如無底黑洞，把眼前事物通通吸進洞內卻完全視而不見，他點頭不斷，像在同意自己的觀點。外地遊客聽得津津有味，等他們回家之後，這段與城市遊民的對話將成為他們的旅遊回憶，到後來，竟是這名流浪漢強力形塑了他們對這座城市的印象，卻不是那間他們排隊許久也不得其門而入的美術館，也不是那座關門維修起碼已經三年之久的地標高塔。自家城市裡，收拾了假期心情，失去了遊客身分的這些人重新投入他們自己的動物園，焦慮著孩子教育、房租和辦公室政治，在他們眼裡，計程車司機將不是憤世嫉俗的政治評論家，妓女不是多情善感的地下心理醫師，公園門口的流浪漢更不是什麼滿腹經綸的街頭哲學家，只是妨礙觀瞻亟待清理的又一城市亂象，當他們經過他時，這些城市中產階級的善良人類都會別過頭去，加快腳步，假裝沒看見他這個人。

流浪漢不是黑幫分子，不具威脅性，卻讓終日汲營生活的城市人難以正眼目睹。他令他們膽怯，令他們難堪，令他們憂傷，他像一面鏡子，照出他們內心最深處的人生惡夢：了無牽絆。沒有恨，沒有愛，沒有工作，沒有資產，沒有朋友，沒有敵人，沒有煩惱，沒有成就，沒有前途，沒有歷史。他是一根隨波逐流的浮木。只是活著。卻比死了更不算存在。若有人在乎你，死亡仍透過記憶變成一件事實，而流浪漢卻跟這個世界毫無關聯，他比網路虛擬出來的電腦女神更不真實。他每次出現，都提醒了他們關於人類的真相：拿掉那些信用卡、領帶、高跟鞋和公寓鑰匙，只要幾天沒洗澡，他們都會變成那副模樣。城市人總愛抱怨的那些人生羈絆，竟然變成他們證明生存尊嚴的唯一慰藉。

正當身上都有一把家裡鑰匙的城市人躺在公園草坪，如同一群高級猿猴懶洋洋曬太陽，互相欽慕兼互相鄙視之際，這個放任長相恢復原始獸類的生物大搖大擺走進了公園。流浪漢尚未十分靠近，草坪這頭已有一股無形電流迅速奔竄，驚動了全部人的神經。最早撤退的是中年貴婦團，她們突然發現自己得趕回家，雖然她們每人家裡都有保母幫傭，年輕媽媽很快把孩子放進娃娃車，一下子便消失於公園大門之外。等他擠進草坪，全身大字形躺下，剛剛還不吝大展身材做日光浴的女郎迅速整好衣服，尾隨中年夫婦和老太太離開了。女大學生做出捏鼻動作，幾個年輕人低聲交換了幾句話，集體哄笑，流浪漢乜斜了他們一眼，他們也無所謂，零零落落起身，一起去速食店。眨眼，人全走光了。

綠茵閃著靜謐的光澤，頭頂蓊綠高樹欷欷翻著樹葉，小草輕輕擺頭，花朵嬌羞垂頭，流浪漢四肢舒展，躺在如今單屬他一人的草坪上，像頭無憂無慮的黑熊享受他的片刻寧靜。四周寂寂無聲，遠處模糊傳來呼嘯車陣，彷彿來自一個遙遠的夢境。整個公園籠罩在一種非塵世的色彩裡。

藍空依然明亮，卻因日輪逐漸西移而透著冰冷寒光，樹蔭下我的長椅已經沒有足夠光線可供閱讀。樹梢黃花紛落，起風了，我抱起略感寒冷的胳臂，收起書本，慢慢踱向我的晚餐。流浪漢始終癱在那裡，動也不動，猶如公園落葉化作春泥，永恆成為大地的一部分。

閒人悖德

他悶得慌。漫長的下午，人在市中心，無事可做。

紅燈一亮，原本規矩排隊的車輛便如聽見起跑槍聲的賽馬，迫不急待地加足馬力奔馳出去。掛在銀行外牆的電視螢幕積極跑著股市數據，店員站在門口發傳單拉客。地鐵一列列進站離站，車廂全塞滿了臭烘烘的人體。人們氣喘吁吁趕路，相互道歉交通如何延誤了自己，咖啡館機器沒得空閒，像一個受不了過量壓力而即將抓狂的員工，不斷由內臟發出深沉的呻吟，以至於搞錯了咖啡跟牛奶的比例，每個顧客都邊喝邊皺眉頭。妙齡女郎等不及氣溫轉暖，早早露出溫潤玉腿，引得全城男人騷動。

春天就要來了。只要隨便轉個頭，他都能瞥見城市的新自我即將破繭而出。城市最不念舊，一逮到機會就重新來過。

當所有人急忙汰舊換新，趕上生命的進度，他卻困在這些永無止盡的悠閒午後，聽著時代在他周遭滾動的聲音，像一首超越他音域的大型合唱，曲式繁複浩蕩，歌詞超越他的理解，若是他想要加入，勢必唱破嗓音。

他裝作冷淡無謂，猶如一個好不容易如願退休的黑幫老大，因為看盡江湖百態，而不對人生抱有任何幻想，只想坐在樹蔭下乘涼，任一天過一天。每天他來到這座露天咖啡館，狀似眺望街景，尋找約會對象的身影，其實，他等待的只是夜晚來臨的腳步。唯有黑暗，讓他放鬆。當夜幕覆蓋城市，他才又夠格加入城市行列，跟著其他人做相同的動作上床睡覺，儘管他知道白日無從消耗的精力將使他徹夜無眠。

他說他不願回顧昔日光輝，然而，只要有人願意傾聽，他便會開始炫耀這座城市曾經多麼需要他。他沒有生活，只有工作，一周七天、一天至少十八個小時，只要醒著，他都在工作。手機震動不停，電郵回不完，一個案子剛完又一個案子，他總是遲到，因為會議永遠太多，開會時間永遠過長，他整天都在追趕自己的行程表，進度依然嚴重落後。他的情人一個換過一個，皆因對方放棄了等待。其中，有個他鍾愛的情婦，皮膚特別柔細，自從跟她分手，他從此再沒見過那麼細緻嬌嫩的膚質，她離開他之後信了教，她說基督復活遠比他準時赴約的機率更大。他聽了哈哈大笑，當作一種稱讚。

如果突然他不忙，那種空白不是常態：而是意外，好比你本來穩穩在高速公路上開車，這時，前方撞了車，迫使你不得不停下來。完全不在預期之內。也就是說，空閒其實是一場人生的車禍，不算好事，能免則免。

他說他當時相信一個人要越忙越好。忙是一種美德，所以城市人見面才會互相抱怨自己有多麼忙碌。忙得三頭六臂，忙得八面玲瓏，最好忙得死去活來，忙得生不如死。因為忙碌代表有搞頭。忙，才有朋友，才有錢賺，才有人愛你，表示你屬於這個世界，人生尚未出局。寧可當隻噪聒的無頭蒼蠅，這裡沾一點，那頭碰一下，也不要作孤獨的刺蝟，因為優雅也需要仰慕的目光。只要你看起來一直像陀螺轉啊轉，人們就相信你腳底下那塊地遲早會鑽出油。反之，若你坐著不動，就會逐漸長滿討厭的青苔，變成一間陰森森的鬼屋，即使座落精華地段，人們還是擔心沾上不祥霉氣，盡量敬而遠之。

在這座什麼悖德事情都做得出來的城市裡，詐欺犯開著新款名車遊街，色情商人在高級服飾店灑錢，貪官坐在餐廳痛飲昂貴紅酒，唯有閒人見不得人，必須躲在街角，深怕遭人認出自身的不全缺陷。不忙的人，縱使道德高尚，相貌堂堂，依舊顯得可疑，因為一定擁有什麼不可告人之處，不然他不會落到無事可做。

每個人都勸他去鄉下，因為那裡才適合生活。彷彿他只剩下了生活，因此便不適合留在城裡。咖啡館服務生過來收盤子的眼神似乎在說，既然你已經無事可做，為何還賴著不走。

他感覺受到了歧視，憤怒如空氣漲滿了肺部，他開始揮動雙臂，對著大街高聲教訓如蟻人群。他發表他對生命價值的看法，激烈抨擊人們因忙而盲。他扯開喉嚨，嗓門高亢，激情到整個胸腔都要爆裂開來。但，街道紊亂嘈雜，車流潺潺，他就像一個遭消了音的演說家，嘴巴開合，手腳劇烈擺動，表情誇張，如果有人分神注意到他，也會誤認他是業餘的喜劇演員，為了他即將開工的夜晚，提早排練。

終究，整條街無人注意。車照開，人照跑，音樂照放，漢堡照煎，人工香精照噴，交易照做。大家都這麼忙。

瘋子

有個女孩住進電梯，長達個把月，不肯離開。吃喝拉撒都在裡面，任電梯如命運上上下下，鋼門像機會開開合合，她不受往外踏出一步的誘惑。直到別人拒絕再帶可樂給她，她才終於放棄這塊臨時的居所。安迪．沃荷說，他不知道人類可以如此瘋狂。

如果瘋子要在遼闊世上找處安身，我想不出除了城市還有什麼更好的地方。顯然瘋子也同意。唯有在城市，瘋子才能不為人察地過著普通生活。城市人明哲保身的冷漠、難以取悅的癖性，以及喜新求奇的心態，讓瘋子變成猶如路邊電線桿的意義。廣告招牌再刺眼，抓狂了要引人眼球，都市人依然有視而不見的本領。

你有你的問題，很好，只要別擾我，因為我也有我的不正常。要發瘋，請到下一條街。

活在都市，誰知誰比誰瘋。瘋子是一道城市風景，瘋狂成了一場競賽。強迫性精神官能症其實是求好心切的完美主義精神，躁鬱症不過是性情中人的表現，憂鬱症只是布爾喬亞文藝青年的高尚特質，如果我開始歇斯底里，那是因為我必須吶喊我對世界的抗議。

如果瘋子不存在，世上沒有了先知、詩人、藝術家、哲學家，也沒有廣告界主管、服裝設計師、創業家。瘋癲，如同石油之於汽車，驅動了整座城市。那些摩天高樓，那些輝煌燈火，那些閃亮招牌，那些漂亮店鋪，人類的心思一如彎曲街道鑽出一條條生命的出口。

在這座城市，再堅硬的水泥地面也能鑿出一滴瘋狂。

城市通魔殺人事件

他突然對生活生了厭。想要殺人，對象是誰都可以。

他租了一輛小貨車，從郊區城鎮一路開進市中心。老是塞車的公路難得通暢，他開車開得順手，心情愉悅，因此吹起口哨來。在他決定放棄生命的最後一天，生命總算對他展現一點仁慈，教他嚐到好運的滋味。當他的車子開進熱鬧滾滾的商業區時，比計畫中提早了十五分鐘到達。商業區一如往常地人聲沸騰，腳步紛沓，各式擴音器叫賣著大折扣，店家永無止盡地播放著難聽的流行樂，不知是為了吸引還是驅趕客人。他猶疑了一會兒，不曉得該按照原來時間表走，還是就不管三七二十一地提前行動。

太陽正要離去，天空黯淡，日暮微光下的城市顯得醜陋，潮溼，骯髒，粗俗不堪。城市向來是一漥汙穢之地，專門藏汙納垢，在這裡，再卑劣低賤的人性也會找到棲身之所。

此時，下雨了。雨點滴在他的車頂，發出轟隆巨響。像是在起跑點上聽見槍響，又像有人在他的神經點按下按鈕，他猛踩油門，大叫著向前衝刺。

斗大雨泡摔破在路面，水波四濺，驚慌的人們紛紛走避，卻不是躲雨，而是為了躲避那輛橫衝直撞迎面而來的小貨車。目擊者事後形容，駕駛歇斯底里，使勁狂嘯，露出非人情的目光，彷彿邪魔上身。路邊人體如骨牌應聲而倒，在車子鋼板撞出凹洞，溫熱的鮮血混著冰冷的雨水一同流蕩於溼潤的黑色瀝青之上。從他的駕駛座上，他看著那些平時鼻孔朝天的城市人以滑稽姿態往各方逃跑，卻落得滑跤摔倒，狼狽窘迫，失去了往昔的神氣，但，隔著車窗，像在看一齣沒有配音的默片，隔靴搔癢，不夠過癮。他需要立體聲光效果。他這輩子已經旁觀太久，這次他堅持參與。於是他乾脆棄車，徒步追殺路人。

秋風掃落葉。颯颯颯。當他大力揮動那把事先準備的黑色獵人刀，砍向那些慌張奔逃的都市人，他幻想，他會聽見林間清風刮起地面大堆落葉的聲音，甚至聞到樹葉腐敗進入冬季之前的清香。但，那些遭他輕快掃過的人們卻發出笨重倒地的悶哼聲，不知廉恥地躺在街心哀嚎，抱腹痛哭，啼聲猶如打雷，一點尊嚴都沒有。

他真瞧不起這些人。平日跋扈驕蠻，看也不看他一眼，如今卻露出驚恐的眼神，哀求他的憐憫。當他砍傷那名穿短裙白色套襪的青春少女時，她居然說痛死人了。那張臉的表情說有多痴呆就有多痴呆，不管她兩頰的腮紅有多豔。

這些人，他們哪懂得什麼叫受苦。他輕蔑地想。他才比誰都痛苦。殺人的兇手總是認為自己比受害者更有資格談生命的痛楚。你們只是遭受肉體的創傷，我受的可是精神的折磨。

都說城市生活寂寞，但這並不是全部的真相。寂寞並不會驅使你去殺人，而是絕望。即，明知你雖然活著卻等於沒活著的感受，天天忍受別人看見你卻裝作沒看你的屈辱，清楚自己起床還不如躺下來得節約地球資源的事實。那種生活就像走在無光的隧道裡，明明知道前方沒有出路，四周一片黝黑，還要硬著頭皮繼續往下走。

城市最可惡的地方就在它不實的廣告手段。當你想起城市，你永遠先想起那些許多不可思議的懾人畫面，如同旅遊雜誌上那些迷人的風景照片，總引發你最自由浪漫的想像力；你以為，就在那遙遠的他方，有一份真正值得追求的生活在等著你。你會遇見命中註定相愛的人，也會找到屬於你的工作，你將活出內在的自我；你將會是你。

就在那座城市裡，一切關於人生的美夢終將成真。

城市，這個油嘴滑舌的騙子，向來撒謊不眨眼。等你離鄉背井，拋棄了所有愛你的人，千辛萬苦來到城市生活，卻落得發現自己只是又一名受騙上當的觀光客，到了旅遊景點，才恍然大悟照片上看來的華麗建築其實是根本不存在的海市蜃樓，不過是幻影。在你警覺抽身之前，城市生活的孤獨卻像沙漠中的流沙，迅速將你吸進地面，緊緊攫住你的身子往下拉，不讓你走。你越掙扎，下沉越快。你想要呼救，流沙卻積壓在你的胸口，讓你叫喊不出來。

而那些路過的人目睹你的沉淪，卻袖手旁觀，甚至以你的悲苦取樂，因為那會滋養他們的自我優越感。住在城市裡的人全是自私冷漠的下等生物，專以踐踏同類為樂。你認識了他們，就會覺得殺人應該合法化。他出門前就是抱著這點憤世嫉俗的想法。

「在他們眼裡，我比垃圾還不如，」這名都市殺人魔對逮捕他的警員說，「因為垃圾還可供回收利用，而我只是我而已。」

IV

愛情並未結束

你信誓旦旦告訴我這座城市原本不是這副模樣。

曾經滄海，曾經桑田，綠坡似浪起伏，一路連綿到天邊；而今，高樓參差不齊，你推我擠地，在車流與地下鐵空調的哀哀抱怨聲中，並肩遮蔽了早已沒有飛鷹翱翔的地平線。

藍空依然無邊無際，但人們的眼睛卻忙碌追逐每處裝飾華麗的櫥窗，裡面販賣著他們今生痴心嚮往的夢想。當夜幕降臨街頭，每盞光天化日之下無法公開言說的慾望，使在黑暗中點點發亮。屬於城市的夜晚裡，惡魔比天使更逼真，謊言比真相更迷人。

再跟我說一遍，你如何痛恨這座城市。不要說你不愛了，這不是決裂的恰當藉口；也不要說你恨，因為那只是更該留下的理由。

你怎能控訴這座城市不美麗。世上原本就沒有完美的城市，一如沒有完美的愛情，但這並不代表那些城市、那些愛情就不具備令人驚心動魄的能力。就像這個世界從來就不完美，但，沒有誰捨得離開。

你說你已經不認識這座城市了，就像你已經不認得我這個人。城市不見了，記憶卻仍抽動神經。愛情其實結束了，我的大腦卻以為還在繼續。

有霓虹燈為證。

我還能如何說愛你

我們何其幸運，出生於如此金碧輝煌的愛情世紀。

當我洗碗時，腦海裡忽然閃過這個句子。是的，金碧輝煌，一如沾滿盤子的白色泡沫在燈光下爍光四射，彷彿蔚藍晴空下的波瀾遠洋，海面上漂浮著豔陽的點點碎光，光芒之絢爛，令人目盲。

就在這間狹小安靜的廚房裡，燈光昏暗，熱水從水龍頭嘩啦啦地流出，樓上鄰居悶著聲音在激烈爭吵，不過一頓晚餐的油膩碗盤卻怎麼洗也洗不完。人生依舊卑微；而，公寓陽台下的現代城市卻正以難以置信的華麗速度向地平線延展，再延展，閃耀著全宇宙最飽滿的燈光，誇耀著物質文明的驕傲。

我們所活著的這個時代，一切事物都金光閃閃，銳不可擋，再也沒有外表醜陋但內心正直的男人等待進一步的知音，也沒有行為墮落其實靈魂高貴的女人亟需時運的拯救，孩子拋棄了可憐的身世，乞丐成了一種自願的職業，老人不用再嫉妒青年人的美貌，少年失去青春早夭的恐懼，嬰孩哭嚎不過是為了吸引注意。

曾經是生命的全部，除了上帝以外的唯一神祇，一個人不能想像沒有了愛情如何還能尊貴地活著。詩人肉麻地歌頌，戀人哀戚地呻吟，女人曲折地掙扎，男人奮力地追求；所有的大費周章，均源自於人類以為自己生命的苦痛唯通過愛情的形式才能獲得解除。而，當愛情終於以情人的形象出現時，卻有如天邊遙遠的一顆星子，閃著微弱而不確定的冷光，令仰望星空的人們感覺一股難以形容的憂傷。愛情竟然沒有拯救了誰，卻只是詛咒了全部人，猶如死亡的恫嚇，註定如影隨形一輩子。

遺憾，更勝過擁有，曾經是愛情所揭示的生命意義之一。

然，在這個確實燦爛奪目的新世紀，愛情不再是除之不去的悲傷，卻是生命的盛大歡愉。沒有了戰爭的考驗，消失了階級的悲劇，也取消了禮俗的壓抑，女人長著人類有史以來最嬌嫩的肌膚，男人有著自記憶以來最整齊的牙齒，他們如此美麗，如此自在，如此無所牽絆，有如翩翩蝴蝶滿覆春天田野，鎮日接吻做愛，不斷重複愛情的儀式，其他什麼事都不用作。

愛情終於如人類所夢寐以求地成為生活的全部，而以一盒精美巧克力的形式擱在商店櫥窗裡，對著已經或即將墜入愛河的所有路人拋媚眼。

據說，巧克力的化學成分會在你的腦裡產生愛情的感覺。而，愛情本來就是一種幻覺。如果你能騙過自己的感官，你甚至不用一個對象也能談戀愛。打開電視，去趟影院，上個網站，處處可見愛情進行的場景。周末的夜晚，飛行的時光，工作的約會，度假的日子，輕易都是戀愛的時刻。

走到哪裡，皆能與愛情相遇。隨便一個陌生眼神，都是露骨熱烈的表白。一切都那麼美好而方便，我甚至已經不用絞盡腦汁，想出千萬種方法說我愛你。我只需要上街買一盒心型巧克力。

倘若，你不是世上最英俊的男人，我不是世上最完美的女人，我們不是住在那麼炫麗的閃亮時代裡，而故事並不是還未開始便已然結束，我是否還能有機會證明我的愛情。

我想，我可能還是默默洗著這些盤子，聽著樓上夫妻的爭執，用我的記憶力細心勾繪你的臉孔，輕輕撫過熱水剛剛沖洗的盤沿，想像自己伸手觸摸你微笑的溫暖嘴角，然後讓那一抹閃電般的痛楚襲擊我的胸口，奪去我的心智，久久，不能呼吸。

也許，當世人都在慶祝愛情之際，在不起眼的城市角落，這股莫以名狀的憂傷依然是愛情存在的樸素證據。

寂寞的幸福

城市偌大，依然寂寞。

那麼多公寓辦公室地下室閣樓，他竟找不出自己喜歡的地址；那麼多餐館酒吧停車場旅館，仍尋不著可供歡愉的地點；那麼多面孔身體等著愛人與被愛，他卻提不起精神，因慾望不振而口乾唇焦。

結識多少人，去過多少地方，笑了數不清的微笑，握了無數的手，清醒不清醒均言不由衷。他以為這叫城市生活。

當無意識漫步街頭，他大膽迎接陌生人不慌不忙的注視。他懂得那種意味深長的眼神，也懂得故事最好就停在眼神交換的階段。學不會像昆蟲交尾之後立刻死掉的那種痛快，人類總在事後改用愛情慢慢凌遲自己。痛苦成了人們豢養生命的方式，他想，因為不甘心幸福原來指的是兩人抱在一起等死過完餘生，以為只要尚存一息憂鬱，還有掙扎，仍在抱怨，幸福便不能替生命下定論，他的人生就還有資格喝個爛醉，倒在路邊痛哭，然後在不是情人的情人身邊醒來。沒有了缺憾的幸福，不算幸福。幸福其實是仍有一再虛構故事的能力。

明天起床，所有關於幸福的辯證都遭遺忘。白日喧囂將喚回孤獨的需求。周遭噪音，充滿人體騷味，一切汙濁不堪。他頭疼欲裂，不能忍受。他認真向那個老早發誓要毀滅城市的上帝禱告，拜託，我什麼都不要，只求平靜一個人。請賜我寂寞。拜託拜託。

一個人吃飯

她時常一個人去餐廳吃飯。

起初她不習慣，閃閃躲躲，總是拿本書還是半張報紙，假裝邊吃邊讀，避免與他人目光接觸。之後，她會直接走到餐廳領班跟前，大聲要張單人座位，一點不怕旁人聽見，神色自若地落坐，拿筷不疾不徐，菜飯細嚼慢嚥，不時還東張西望，觀察鄰桌的客人。餐廳裡人聲鼎沸，餐盤刀叉碰撞，服務生身影迅捷，她卻像一頭懶散而優雅的長頸鹿，獨處於一大片無人的林子裡，樹葉縫隙閃爍著陽光，清風悠慢，她邊欣賞周邊的自然風光，邊咀嚼著植物的辣味。

已經記不清楚什麼時候開始，她就經常這麼單獨用餐。如同單人牌戲一樣，第一次坐在燈下發牌給自己，只是出於無聊，隨便打發漫漫長夜。有了第一個夜晚，就會接續第二個夜晚。時間久了，單人牌戲竟逐漸成為生活中一種根深蒂固的習慣，帶來莫大的慰藉。難得某個晚上出門，便開始抱怨外頭空氣渾濁，到處都是人，擁擠又嘈雜，沒一會兒就頭痛不已，口乾舌燥，渾身不自在，恨不得馬上回到家裡那把最喜愛的椅子上，四周傢俱全部沉入黑色的寂靜之中，只有頭頂一盞燈是你的伴侶，正陷入沉思地俯首觀看你手上那副牌。這種自找的寂寞，讓她心頭擁有罕見的寧靜。

世界卻不做此想。在世人眼裡，她的孤獨特別值得同情。每當她去要張單人桌，無論多忙碌的餐廳，總會盡量找出一個座位給她。平時兇惡的服務員轉身面對她這名落單的食客，態度忽然轉緩，十分客氣。其他桌的客人不時偷偷拋個目光過來，眼神充滿篤定的憐憫。吃飯、打牌，原本都該呼朋引伴，熱熱鬧鬧，算是所謂的歡樂時光。落到單獨吃飯的景況，背後總有個故事，男人可能剛遭遇妻子出走，女人可能一生愛情不順遂，老人失去了家庭的溫暖，年輕人得不到友誼。因為，吃飯是人生大事。沒人跟你分享這些人生時刻，表示你缺人愛。

偶爾，她在餐廳也會碰上與她相同的單人食客。他們看上去的確不怎麼適合人愛。有個男人在他的扁鼻樑上架著厚重的黑框眼鏡，毛髮稀疏的胖頭顱因為喝湯的動作而微顫著汗珠，他從點餐到付帳都沒敢抬眼，一直盯著自己的食物，彷彿因為獨自吃飯而感到羞恥。另一個頭頂綁了馬尾的年輕女孩則不斷地打電話，連滿嘴菜餚時也不停下，她以為靠著電話講沒完就能證明電話另一頭的確存在著她親愛的朋友，她並不是孤單單活著。很多像她這樣的中年女人，看不出確切的職業也不知道婚姻狀況，她們大概都長年習慣去同一家美容院找同一位造型師，所以與人一種髮型萬年不變的印象，穿著式樣保守的服裝，臉上沒什麼特殊表情，而且飯後一定會點杯咖啡。而那些因為工作而在外面吃飯的男人，他們全都神色匆匆，裝作生活忙碌，吃飯對他們而言就像站在路邊抽根菸，只是個不算休息的休息，很快又要回去工作，因此總是狼吞虎嚥，趕著走人。

餐廳不如咖啡館，沒有了文化的香馥氣息和哲學沉思的偽裝，一人坐在餐廳吃飯，真的只是吃飯。剝掉了社交功能的正當性，一種動物性的生存本能便被赤裸裸地供上桌，毫無神聖可言。她騙不了誰，她來餐廳就是為了填飽肚子，所以能繼續活下去，就跟城裡其他幾百萬人一樣。

為了吃飯而吃飯。就算沒有人愛你，你也是要吃飯。專心餵飽自己，正是這個再單純不過的動機，反讓她獲得一種奇異的踏實感，就像那些漫長的夜晚，她什麼也不做，哪裡也不去，只是專注於手上的幾張牌，每翻一張牌，她的心便感到一股小小的歡動。在那種時刻，她的孤寂總是顯得特別真實，特別令人愉悅。

美麗陌生人

目光來自四面八方。

電梯口，捷運車廂中，公車站牌前，商場裡，天橋上，畫廊內，機場櫃檯，陌生人猶如秋日落葉紛飛，颯颯吹過彼此的身旁。飄過的不只一個個匆忙的身影，更有那些似有若無的目光，帶點評斷，包含好奇，有時節制，有時魯莽，輕輕地拂過你我的肩頭。

看似一個必須的轉身，又似一個無意的抬頭，也似一個心無旁騖的空眺，碎步擺臀踩著高跟鞋的粉領上班族，站在車廂內倚窗憂鬱的中學生，西裝筆挺大步邁進餐廳的商人，帶著高級行李箱和太陽眼鏡等著登記上機的旅客，周末坐在酒吧吧台有一搭沒一搭喝酒的男子，以及穿著短褲在雜貨鋪子選購義大利麵條的女孩，自以為謹慎地將自己流轉的眼神深藏在不經意的日常動作裡，悄然無聲地送了出去。

假意視若無睹，卻又仔細打量。蜻蜓點水，跳躍而去，然而，留下脈脈含情的印象。那些目光不想讓人知道，但暗地期待著回應。

看見，與被看見，同時在光天化日下發生。

屬於城市的情歌旋律濃烈地低哼著，是的，你這個美麗的陌生人。在洶湧的人潮之中，如同奇蹟，我偏偏看見了你。不是誰，就是你。我不能呼吸，也不能言語。卻落得只能眼睜睜地望著你從我眼前離去。你從人群中來，又將回去人群。我還來不及與你相戀，卻已嚐盡分離的苦味。

誘惑無所不在，勾引跟著隨機發生。城市裡，上街再不是一個簡單的動作。人們在家裡盡情邋遢，連腳都懶得洗就上床，若情人嫌臭，就怨恨對方不愛自己，卻為了想像中即將相遇的那個陌生人，梳頭化妝，刮毛潔齒，結上最好的領帶，塞下最緊的牛仔褲，穿上最白的襯衫，確保自己容光煥發，綽約多姿，這才出門去。

在這個什麼都無法承諾的時代，人們卻仍嚮往陌生人的愛意。我懷疑，他們要的已不是濃情蜜意，而僅僅是一種無害的喜愛。沒有要求，沒有占有，更沒有後來的失望以及恨不得從未相遇的悔恨。他們要的是暫時的好感，沒有將來的調情，剎那的愉悅。一段臨時起意的愛情，隨著任一方下車之後就會戛然終止。

一個再怎麼深愛自己的人都能透過長期相處而發現你的破綻，即使是自己的母親。陌生人卻永遠沒有這個機會。他跟你的情緣只有飛機上的五個小時，公車上的十五分鐘，餐廳裡的四十分鐘，甚至只有從地下道走上來時擦身而過的三秒鐘。

他只能看見你那天花了心思喬裝的外表。他看見你那染了茶色的濃密捲髮，你隨意圈出蛇腰的寬皮帶，和你千挑萬選的超酷提袋，但看不見你的白髮、鬆肚腩、薪資數字、學歷文憑、智商資質和公寓長相。他只瞧見當下站在他面前的那個你。來歷不明，出身不詳，沒有歷史也不會有未來。除了你刻意顯露在外的線索以外，關於你這個人，他無從下手。

他只能這樣遇見你。美麗的陌生人。

既是純粹視覺的感官吸引，又是想像勝過實際的精神愛戀。驚鴻一瞥，證實了一見鍾情的可能，允諾心心相印的甜蜜，更見證了你的內外兼美，實在耀眼，讓人不能將視線移開。

如果他愛你，他就只能愛站在他眼前的那個你。那個一晃而過卻註定令他印象深刻的你。你們不會激烈爭吵，抓傷彼此的臉頰，咆哮可怕的言辭，也無法目睹對方逐漸老去的悲涼。你們的戀愛雖無法直到天荒地老，卻比任何一段你所知道的愛情更地久天長。

有誰能抗拒這種純粹的好感，還來不及形成任何偏見的愛慕。像一顆口香糖，一入口就涼爽芬芳，五分鐘後吐掉，毫無負擔，不傷人生筋骨，還令口齒清香。又像一朵隨時準備盛開的蓓蕾，可是，你我都明白，這朵花之所以令人神往，正因為她永遠含苞待放。

街頭的愛情難免膚淺。而，人們就愛這股膚淺味。拿來調劑單調的城市風景，正好。

III

美術館

起初，一片虛無。後來，浮凸一張白紙。後來，紙的周邊鑲了一圈金碧輝煌的框。再後來，擴大成一面巨大的牆。再再後來，牆接著牆，再接著牆，就連成一處密閉的空間，人們稱這個地方為美術館。

什麼時候，藝術如此裝模作樣。

藝術本該無處不生，隨時可見，不該只限於一圈框或一棟房。擺進美術館的作品不見得就是藝術，沒擺進去的也不見得就不是藝術。

藝術是人類生命的靈光乍現。有人的地方，就能出現藝術，反之，無人的地方，卻絕不可能有藝術的存在。因為藝術是活的，不是死的。藝術的生命就是人的生命。沒有了人，擺得再好看，也是一堆沒有生命的顏色廢料而已。

然而，人類敬畏藝術，如同他敬畏自己的生命，不容許他不去打造一座富麗堂皇的神殿，燒香膜拜藝術品跟崇敬神像一樣。藝術是人類自己的神來之筆，證明人類是地球上除了上帝以外唯一有能力創造的主體。當世間萬靈均滿足於上帝所發明的世界，不懂質疑，恭敬地享用上帝慷慨賞賜的各式美好事物，唯有人類拒絕了這種便利，他對周圍發出疑問，追究生命的根源，他感覺體內有股莫名衝動正波濤洶湧，即將如熔岩地漿般爆發，燒得他口乾舌燥，渾身不對勁，他於是學上帝把手一揮，就憑空變出了一個新世界。那個新世界，就是藝術。

人類當然讚嘆藝術，他怎麼可能不著迷於自己雙手捏塑的新生命。宗教讓人謙卑，藝術讓人自大；哪名傳教士能夠宣稱他是自己的主人，卻沒有一名藝術家不是這麼想。藝術家知道，他有能力從內心變造出一個自己當主宰的世界。

於是，人類蓋了神殿廟宇，又另外蓋了美術館。美術館外，是上帝創造的世界；美術館內，是人類創造的世界。

本來美術館只是用來收藏及展示人類的創造成果，意思是裝在裡面的東西才叫藝術。可是，關於創作，從來沒有確切的起點，也沒有終點。人類很快就發現，美術館不僅可以擺設藝術，實際上，它本身就是一尊尺寸驚人的藝術品。

走進美術館，彷彿進入美的國度。每道光線，每條彎道，每扇天窗，每張畫作陳列的方式，每種顏色，每刻溫度，都是為了收買你的靈魂，誘惑你的心智，勾引你的眼線，把你迷得團團轉，而決定將自己毫無保留地交了出去，以換取一個比你那卑微生命更偉大的存在。

也難怪我必須在這裡用教堂來比喻美術館。去美術館，就像進入一座教堂，教徒或非教徒，都會立即被一股神祕強大的莊嚴感所攫住，平時聒噪多語的人類此時顯得靜默，肅穆，甚至憂容，臉上閃動著慈悲的光輝，而當他回頭看著自己以及其他人類同伴那個自私可憐的平庸生活，難得地，閃念一絲悲憫的寬容。剎那，他翩翩飛了出去，飛向最遙遠的雲端，人雖站在地上，卻以為自己身在天堂，跟傳說中的上帝坐在一起。

在消費取代禱告之後，美術館接替了教堂，成為人類俗世的心靈避難所。去美術館，如同去教堂，是一場滌淨靈魂的例行儀式。近代的城市都在瘋狂蓋美術館，就跟中世紀蓋教堂差不多。越新落成的美術館越宏偉傲人，越昂貴華麗，人們不再討論館藏內容，而是興奮談論那塊「地方」，哪塊藝術特區是軍工廠改的，哪間美術館原是舊發電廠。美術館是都市人周末朝聖的場所。

建造美術館成了一門偉大的藝術。建築師加入了藝術家的行列，每座美術館是一件野心勃勃的藝術品，有時光彩更勝藝術館藏。而今，人們千里迢迢來到一座美術館，不再只為了能站在一兩張畫作之前，卻是為了進入「一個美的存在」。那曾經需要無數夜晚的無眠祈禱才能換取的不朽幻覺，現在只需要一張薄薄的門票。

慢車

這輛列車開得比誰都慢，因為每站都停。

其他列車快腳疾奔，呼嘯而過，身影漂亮如一條龍，這輛列車卻乾脆停了下來，彷彿習慣遭警察攔阻的小老百姓，乖乖淨空路口，好讓那些生命比自己寶貴的大人物驅車先行。月台空蕩蕩，太陽往西移了一吋，它才動了起來。車上乘客稀疏，只有背彎如根捲吸管的鶴髮老人，滿臉烑氣、襪子一長一短的小學生，和唯一特徵就是沒有特徵的無趣中年人，冷氣淡淡地，他們臉上表情也淡淡地。刺激，都在別人家車上。

慢車不拒絕任何月台，老的、舊的、小的、窄的、亮的、黯的，一律皆停，乘客也照單全收。其他列車淨收美麗的、強壯的，只停靠名號響亮的，而慢車沒有虛榮心也沒有野心，拖著溫吞腳步馳過大半城市，經過的城鎮都死氣沉沉，站名過目即忘。都是些什麼地方，又是哪些人住在這裡，此刻卻有人站起來下車，動作比車速還緩。

風景一幕幕掠過，他什麼都沒錯過，但也通通錯過了。因為他眼睛雖盯著外頭，人卻困在車廂裡。他一直在等他的終點站，始終沒能下車。

夜

城中心，有一處墳場。白天人跡罕至，車輛稀少，入了夜，更只剩無盡的黑暗，與似乎永不結束的死寂。墓碑密密地站著，彷如等著過馬路時的人們肩並肩地擠在路口，彼此之間難得空隙。

路的盡頭，霓虹燈仍在眨眼，閃爍不停。耳下，聽不到一丁點聲音。

雖然，夜，從來不是真正地寧靜。總還有那轟隆轟隆的浪濤在海邊不停地滾著，清風穿過林木葉間吹彈著流暢的歌曲，雨滴不知休息地在池塘荷葉上跳舞，月亮看似沉靜實則賣力地揮汗趕路。

在城市，聽不見這些聲音，因為夜晚從未降臨。

日與夜的交替，早已被一盞盞刺眼的燈光照得失去了意義，天地不再改頭換面。天體的運行，磁場的改變，黑白的換班，我渾然不覺。我只認識居酒屋裡煙霧瀰漫夾雜烤肉香的划拳聲，商店夜市用擴音器促銷產品的叫賣聲，跳舞場裡翩翩舞姿旋轉出來的鞋跟聲，半夜碰上堵車而不耐抗議的喇叭聲，酒客醉酒走在大街上互相拉扯的吼叫聲，情侶在路邊吵架威脅分手的爭論聲，地鐵列車進站的車軌聲。我不曉得滿天眾星是否正在高聲合唱，因為我聽不見。

我正在聆聽的，是一首規模宏偉、野心勃勃、喧鬧震耳的城市交響曲。晝夜不捨地彈奏著。城市的樂譜裡找不到休止符。

想要費心搜尋個別的音符或辨認樂章結構，都將徒勞。城市是一條眾聲匯流而成的浩蕩大川，轟然奔流，把沿途經過的一切全部捲浪帶走。我這葦扁舟若識時務，不想被江河吞噬，最好順勢而去。

路上，處處都是像我一樣決定隨波逐流的都市人。我們跟著黑暗的河水淌進城市每個角落、每棟建築、每處場所，每條小巷，我們坐在每把椅子上，喝著每杯酒，躺在每張床上，霸占每支麥克風，占據每輛交通工具，嘩啦啦嘩啦啦，不懂客氣，毫不收斂。黑夜非但嚇阻不了我們，反倒鼓勵了我們的大膽冒進。

每一個城市人，都是活躍的夜行動物。夜越深，活動越密。只要是自以為先進的城市就愛吹噓永不知眠，不顧夜幕蓋頭，依然喧囂不休，歌舞昇平，彷彿繁華這件事不是透過物質的炫耀，而是藉助聲音的敲鑼打鼓才能隆重登場。

然而，寧靜從不是真正的無聲，就像喧囂不只是一堆沒有章法的聲音。有了輕微的聲響，才能烘托完全的沉默，如同有了光亮，才有影子。沒有星星墜落劃破天際就不知夜空之黑，沒有針尖落地就不顯周圍的寂靜。

因為要在陌生的城市裡找路回旅館，從眾聲喧譁的飯館出來，沿著吵鬧的大街走，穿過熱鬧小巷，上了一座不算冷清的天橋後，忽然就進入了山丘上的這座墳場。黑夜霎時從四方掩來，雷電收聲，風雨寧靜。這裡有人，卻沒人高歌發酒瘋，也沒人跳舞或打架，燈滅了，酒乾了，話聲落了，音樂也停了，城市人終於願意臣服於生理時鐘的限制，放棄抵抗夜晚的占領，靜靜安息。

於是，就在城的最中心，夜的最深處，在這座不知何故決定從夜晚隱密處現身於我眼前的城市人墳場裡，我以為，我聽見真正的寂靜。

互換地址

城市人對鄉下人說，你嚮往我的世界，以為街坊皆有咖啡館，鎮日濃郁飄香，女人身上都有專屬香氣，穿透一切建築的靈魂，商店均宛如精緻博物館，展示特選品味。你所想像與不能想像的生活樣貌都在城裡。你說，你因此離鄉背井；而我，只想擁有你空白如紙的純真。

鄉下人對城市人說，你羨慕我的鄉野，以為山岳都住有神祇，神聖莊嚴不可褻瀆，高樹皆守護祕密，任風吹雨打也堅不吐露，河川均淌流著晶瑩詩句，吟誦自有生命以來的傳奇。你所相信與不能相信的力量都蘊於天地。你說，你自此返樸歸真；而我，卻渴望融入你狂歡過後的虛無。

而後——

鄉下人對城市人說，你的街道發臭，你的女人說謊，你的商店貪婪，城市簡直是邪惡的代名詞。我唾棄你的存在。

城市人想對鄉下人說，你的山谷貧窮，你的野獸危險，你的識見偏執。田園不過是吹捧過頭的文學想像。然而，現實裡，世故習慣終令他緘口，代之以玩世不恭的微笑，靜觀飄然而至的那陣細雨，綿密籠罩深夜街頭，恰似城市的敗德，完全無處可躲。

他真心羨慕鄉下人總有鄉愁的特權。這座城市是他僅知、唯一且永遠的故鄉。

戀人之濱

住在海邊是好的。時不時，海上送來陣陣清風，猶如你在我耳邊輕語的口氣，又似你漫不經心啄在我臉頰的親吻。我們對愛情的慾望，總是直到海枯石爛。

沿著港口散步是對的。牆壁重重包圍城市，建築擋住所有去路，人們踉蹌於迷宮巷弄間，眼睛看不見前景，鼻子聞著排水溝的尿騷氣混雜前夜酒客的嘔吐味。忽然，暗巷斷了，高樓怯步，新鮮海風大量灌入肺葉，視野豁然開通，萎靡的精神為之振奮，天原來那麼亮，海原來那麼闊。城市不知節制的蔓生曾經砍掉森林，填平河川，終於遭海洋英勇地擊退。

大廈再霸氣，不如海浪雄偉；海浪再殘酷，不比情人漸航漸遠的船隻更無情。

城市征服不了你破浪航行的遠洋，如同我無能跟隨前往你夢想的彼岸。背靠我的城市，面向你的大海，我用盡思維幻想你的船帆孤單單在遼闊洋面漂流的畫面。城市燈火或許是我的，輝煌星空卻全是你的。海港是戀人的城市，燈塔永恆不滅，只為了織出那個離開陸地的人終會回頭上岸的幻象。

築在海濱的城市是美的。因為每一次燃燒屋頂的日落，每一道射入窗牖的晨光，每一束粼粼閃爍的月光，都是戀人起誓的對象。即使稍縱瞬逝。

巷子

去年冬日，巷子仍樓房凋敝，門窗失修，路面破碎，雜草叢生，只剩幾戶早已無法自己謀生的老人透過破損窗簾窺視連野狗也不曾誤闖的無人街道。

關於這條街，這些老人想要訴說卻苦無對象的故事是那樁三屍命案。哪，就在這間二樓。從那扇漆成鮮橘的鐵門進去。移情別戀的女人帶了新情人回家，男人攜刀從後頭陽台鑽進昔日他倆恩愛如今換人歡愉的房間。為了騰出雙手爬窗，他將利刃橫咬在嘴裡，刀鋒很快劃破他擅長接吻的嘴角，宛如卡門的玫瑰染紅了他的臉頰。他砍了床上兩人，用同一把刀割開自己的喉嚨，死前放出無聲的痛苦嘶吼。

更早之前，那名惡名昭彰的作家帶著他不名譽的情婦窩居在巷底。當作家裸身猝死在她懷裡，年輕情婦竟然逃之夭夭，任他裸身腐爛生斑流出屍水，一如他筆下那些早夭角色。發現他屍體的孩子就住在巷口，父母都是鄉下農民，來城市出賣勞力只為了拉拔唯一親兒長大，難得他一路爭氣，去了國外讀書卻不再返來，一對父母最後跟作家一樣死在這條巷子。

其餘巷民老的老，去的去，沒去的也被迫離開。一天，微笑禮貌、明擺著屬於某種機構的人員拿著一張紙就把他們全遷入了市郊療養院。

巷子開進了推土機、吊車、起重機，堆滿了各色建材。整條巷用鐵板圍成工地。據說，初春，新建的購物商城即將隆重開幕。

II

失業

時間突然多了起來。如同雨季來臨的河川一樣水位高漲，汩汩而流。如果可以將時間單位當作錢幣存進銀行，我現在就算是有錢人了。走起路來，時間硬幣在口袋裡叮叮咚咚地相互敲擊著，從街頭響到街尾，響徹高高的晴空，如此炫耀，聽得自己都尷尬起來了。

公園空曠，美術館廣場寂寥，巴士座位坐不滿，去郵局寄信不用排隊。周末擠在購物中心的人潮一夕之間退得一滴不剩，留下空蕩蕩的手扶梯一臉無聊，兀自玩著上上下下的遊戲。周一愛去銀行轉帳或繳款的人們棄守了堡壘，平時推著娃娃車出來散步的媽媽們也約好了放自己一天假，商家老闆紛紛站到店門口左顧右盼，以為多看兩眼，顧客就憑空而降，上門消費。

當他們看見只我一人兩手空空地慢吞吞踱過時，不由得流露失望。星期二，早上十一點。你看不見別人，只能看見我。這個時間的富翁，金錢的窮人，生命的游民。

時鐘可以失去指針，報時器可以失靈，生命依然是一條向前奔流的河，誰也無法喊停。

如果城市的人們確實是成群結隊的魚兒，那麼城市的韻律是魚群拍打魚鰭、整齊向前游動的節奏。沒有一尾魚擺遲疑，沒有一個魚頭扭頭回望，魚群堅定地往前集結行進，只有你這條魚不知掉了背鰭還是發生耳鳴，竟然沒有跟上。一眨眼，海面忽然淨空，魚群消失，一滴水泡不剩，留你獨自深陷於這片完全看不到盡頭的深藍之中。一大片，一大片的藍，龐大而冰冷，如同你自以為的孤寂。陽光就在你頭頂閃閃發光，海水沉默地包圍著你。而你只是漂浮著，哪裡也不急著去。

不急著去，因為不知道要去哪裡。你沒有一本密密麻麻記滿名字地點時間的記事本，告訴你到何處去見誰做什麼，也沒有一支響個不停的電話，對你命令請求或商量。其他人一臉嚴肅，眉毛哀戚，精神緊張，邊揉太陽穴邊吞胃片，而你卻容光煥發，眉心舒坦，兩手插在褲袋裡，專心踢著路上的石頭。你又回到童年那次長得不能再長的暑期，在每個無聊的夏日午後，父母還沒有回家，玩伴不見蹤影，你一人，像隻無所事事的流浪狗，站在路邊數著奔駛而過的車子。你總是驚訝那些車子急急忙忙的速度，羨慕他們需要那麼緊急地趕路。那一定得是一個很了不起的人生，才值得這麼努力。

對站在路邊什麼也不做只是發呆淌口水的狗兒來說，時間卻終於靜止下來。因為什麼都不做，所以什麼都沒發生；也，不會發生。生命彷彿用隱形墨水在紙上寫字。寫一行，消失一行。你隱姓埋名於城市的無名巷弄裡，靜靜看著世界從自己的身邊過去。伸手攔阻也沒有用，因為你知道，所謂世界無非只是一組幻影。如果你伸手，就會發現自己的五指穿破那些影像，碰觸到無盡的虛無，像海水一樣，雖然大量卻無法捕捉。你知道。

我知道。我無非就是提前體驗了自己的死亡。當我徹底從世界消失的那一天，這個世界仍會如那些匆匆而過的車輛，頭也不回地向前急奔。管它路邊有否站著一隻狗。

奇怪的是，我卻從來沒有比此刻更自覺活著。

約哪裡

要見面，當然當然。那，約哪裡。興奮吱喳的討論忽然停了。

提議約會地點，就像自願在眾人面前脫光衣服，邀請別人對你的身材品頭論足。地點老套，暗示了你因循苟且，人云亦云，了無新意；地點新穎，代表了你資訊靈通，人面極廣，走在時代前端；地點貧賤，可以是你無意間說出了自己的身價，也可以是你表達普羅運動的政治信仰；地點尊貴，能解釋成你的身家教養，也能暗示你的虛榮個性。而，所有的品味都是相對的，關鍵並不在你個人的定義，卻是聽者的唯心判斷。無論你精心挑選還是脫口而出的一個碰面地點，都給了對方一個機會去自由詮釋你這個人。

那是一場殘酷的品味考驗。任何懂點人情的城市人都不想落入這個圈套。所以，每個人都保持禮貌，互相謙讓著指定約會地點的權力。

推來推去，眼看著約會就要流產，他終於率先提議了一個城裡最高樓的頂層餐廳，「可以眺望夜景，還有現場演奏的音樂，交通方便，」他說了餐廳的優點，然後用一種略微煩悶的口氣，暗示那也不是他多麼鍾意的地點，只是隨口說說，「壞處是食物不怎麼樣，不過，還算不難吃。如果你們不在意食物，那裡氣氛還可以。」

有人馬上表示反對，「那裡人太多，太吵。」還有人嘖嘖作聲，「又不是去吃氣氛的，東西好不好吃當然重要。」

既然是他先開口，眾人敦促他再提另一個主意，他不情不願地說，「那去一間家庭經營的餐廳，吃點家常菜。他們只有四張桌子，菜餚十分可口，服務親切，」他又轉了一個不置可否的口吻，「就是不能自己點菜，老闆當天買什麼菜，就煮什麼給我們吃。」

另一個朋友禁不住嘲弄，「我們可不可以自行付多少錢？」又點名另一個地方，啊，太拘束了，太矯情了，搖頭紛紛。

他不說話了。關於品味，每一個城市人都出一張嘴。越會損人，品味越高。品味最無懈可擊的人，往往是說話最刻薄的那個人。不懂得適時丟兩句可惡的俏皮話，簡直沒資格混江湖。就算最終所有人都同意了一個地點，他心裡明白屆時到了現場，也還有人會繼續發表高見，以示本身的趣味高雅。

如果見過世面，就該對什麼都懶洋洋，提不起勁。都市裡的餐廳酒館朝生暮死，咖啡廳、服裝店、百貨公司來來去去，商品爭奇鬥豔，菜單分季換花樣，仍舊無法滿足城市人喜新厭舊的胃口。口味刁鑽是講究，是世故，更是一種身段。錢，要懂得怎麼進來，也要懂得怎麼出去。

終於大夥兒在一間油漆味仍濃的新餐廳碰了面。人還未到齊，酒還沒開瓶，菜單還在讀，已經有人對桌布的花色表示意見。等飲了第一口酒，嚐了第一筷菜，不滿的情緒猶如法國大革命前夕的巴黎。

自以為有禮貌，他們故意壓低了聲音批評，聲量小到足夠讓全餐廳都聽見。酒色不豐，肉煮得太老，青菜沒洗乾淨，音樂俗氣，女服務生不夠美，剛剛去上洗手間，撞見廚房人員解手卻沒洗手。還有還有，你看看這裡的客人，個個橫眉豎目，衣衫落伍，實在格調不高。尤其靠窗口那名女子，雖然裝得人模人樣，吃起飯來卻狼吞虎嚥，嘴巴不閉地大嚼，你連她嘴裡塞幾塊排骨都看得清清楚楚。

整桌豐盛菜餚沒人碰，所有人講話講得津津有味。提議來這間餐廳的那個人滿臉不自在，心情上上下下，一會兒覺得失禮，一會兒覺得遭冒犯。

付帳走人時，桌上仍留有大量食物，但是，人人都心情飽足，精神陶醉，覺得今晚大吃了一頓。

當我們討論食物

讓我們來談論食物的香氣吧，既然解析城市組織是一件太費勁的工程。忽略街頭遊行的擴音器，把報紙撥到腳邊，請嚐嚐這塊長相甜美的蛋糕，舉起你的咖啡杯，皺緊你全部眉頭，告訴我那間新開的義大利餐廳如何折煞你的美學品味。

且讓我們掛上無害的微笑，讚嘆晴空燦爛，這個月的戀情多麼愁煞人，世界大可繼續轉動，而我們將會別過頭去，假裝聞不到它正在腐爛的氣味，也聽不見它困難翻身的呻吟，我們想抓在手裡的只是一堆無傷大雅的可愛回憶。像是你那天走在路上突然發誓你總有一天要去很遠很遠的地方，真叫人感動，雖然說不清道理。

不要肅殺的眼神，拋棄沉重的詞藻，此刻我們坐在設計師椅子上抽菸，為何不用蕭邦琴聲替代窮人的控訴，那要悅耳多了。城市的布爾喬亞們，為了情調大談虛無，即使懺情也不忘姿態。

無法懂而不懂，不想懂於是不懂，因為太懂而裝做不懂。越世故越裝天真，越狡猾越扮單純，不想解決你的問題，於是煞有介事陪你嘆氣，同意人生無解，只能盡量享受生命，吃吧，喝吧，買吧，旅行吧，築起一座感官的城堡，塞滿你所想到的高級樂趣，這些小小的、短暫的、世俗的快樂將會釋放你。

至於其他，就像烘焙不出來的蛋糕，通通不算數。

找房子

每隔幾年，他總是需要城內遷徙一番。租金調漲，他住不起他現在的房子，只好搬走。

尾隨房屋仲介員，進入一棟又一棟公寓，打開一扇又一扇窗戶，站在一個又一個陽台，或高或低，他眺望，再眺望，還是只能看見城市的一角。身後，房屋仲介員的目光半冷淡半忍耐，觀察他在陌生公寓遊走著。這是他們今天參觀的第五間公寓，若連同前兩天看過的單位，已是第十八戶。房屋仲介員雖保持禮貌，他那善於追逐商機的眼神卻已毫不留情地評量眼前這名客戶的斤兩。

這些房屋仲介員，什麼都瞞不過他們的眼睛。你能買只名家錶，開輛敞篷跑車，偶爾大方給小費，藉此放放煙幕彈，迷濛你的身家實力。但是，從你正在搜尋的房子，它的價位、地段、尺寸、建材、建齡，房屋仲介員就像拿到一張你的金融生理透視圖，連你這具身體未來能付多少年的房屋貸款，他都清清楚楚。

他轉過身來，假裝問了幾個關於這間公寓的問題。房屋仲介員的回答也十分公式化。你知道，仲介員知道，你不會要這間房子。從你進門的當下，你吸進肺裡的第一口氣，就已決定了你跟公寓的緣分。

怎麼沒有人寫過關於愛情與公寓之間的強烈類比。你怎麼解釋一見鍾情，就怎麼描述你走進一棟公寓的初始感動。全城有無數高樓，每棟高樓都有無數窗戶，你卻挑中了那棟最矮最舊的老樓，連電梯都沒有。站在只有灰塵的空蕩公寓裡，你卻能輕易想像自己每個夜晚睡在這裡的模樣。你怎麼描述愛情給你的暈眩，如同，你第一次見到這間公寓，就渴望與它天長地久。愛情的發生如此神祕，你當然說不明白，明明是同一棟公寓的同一樓層，不是隔壁那戶、卻是這戶深深吸引你的注意。最後，你只好說是化學作用。人跟屋子之間的愛情，就叫風水。

你愛上了對方，對方不見得一定會回應你的愛情。他其實很想要這間公寓。他很確定。問題是他不曉得他能不能負擔得起，畢竟他被迫放棄了他的舊公寓，只因為時過境遷，當初讓他搬進去的條件都不復存在。

一個人跟一間公寓之間的關係能有多久，三個月、兩年還是十年。在我們這些仍活在世上的人之中，有多少人擁有那份獨特的幸運能安居於同一棟公寓一輩子，跟同一個人相愛一世。你在街頭尋尋覓覓，偶爾教你遇上一棟房子或一個人，你滿心歡喜，以為從此就擁有了安身立命的幸福。多年後，你發現自己仍躑躅街頭，還在繼續尋找你夢中的房子；和，那個人。一份契約也不能代表什麼，定契約就是設想終有分手的日子。你搬進公寓的那一天，就是沙漏鐘翻轉，開始倒數。

告別了他的房屋仲介員，晚餐前，他一如往常沿著市街走路。多少次，他佇立於黑暗的街頭，仰望那些他喜愛卻始終無緣搬進的房子的窗口，夜風彷如一隻猶疑不定的手，不知正要拉開還是關上窗簾，璀璨燈光從半敞窗口流瀉到地面的街上，灑在他光裸的仰面上，四周漫著閃爍的光塵，宛如夢境。他並不羨慕住在那些公寓的人們及他們的生活。就算他終於如願以償搬進那些公寓，他相信他的人生也不會真的因此更豐富。但他喜歡在街頭散步時抬頭探望那些窗口，他們就像遙遠的星星，不要求他的理解，卻帶給他慰藉，又像他兒時的夢想，時時在他頭頂上繼續看照著他。

正是這些在夜晚發光的公寓窗口，不加挑選地接納了我對於人生的所有想像，帶領我活過整座城市的領域。他不禁這麼想。如果沒有那些公寓窗口，我將會多麼孤獨。

塞車人生

車流減慢，十字路口若積塞不通的排水管，因為大量車輛排放穢氣而難聞不堪。塞車終於讓整座城市停了下來。

附近的幾條街頓時成了一個巨大的停車場，所有車輛都像意外駛進颶風眼的船隻，遽然失去雄風，遠征異洋的雄心如同病懨懨的船帆，有氣無力地攀著桅杆，車子只得靜靜陷入宛如靜水的市區交通裡，絕望地等待一個得以張帆重新啟航的契機。一點風，一點浪，一點暗示，什麼都好。卻，毫無動靜。

這就是我的人生。困在車裡發呆的城裡人不由得這麼想。

人生總叫他嚮往或喜愛某件事情，等他興致勃勃，動身出發，立刻淪落為一個未戰先敗的俘虜，囚禁在這個鋼鐵箱子裡。人在路上，然，哪裡都去不了。

他並不害怕一事無成，也不擔憂夢想如海面上的泡沫，清晨海面第一道風吹起便輕易破滅，事實上他隨時準備失望，並從中萃取甜蜜的痛苦，認定這就是活的滋味。他要的是生命的過程，未見得是結果。

他真正沒料到的是，生命連個挫敗的機會也不給他。我只能困坐於此，目睹我的人生如何一點點虛耗，變成一堆沒有意義的都市微塵，沒有目的地隨風飄揚，落在我那骯髒的擋風玻璃上。這提醒了他，該洗車了。

從他的車窗往外看，高處公寓的陽台花團錦簇，杜鵑花從花盆探出頭來迎風搖曳，街邊商店掛出招牌，架上擺滿各色商品，孩子正由大人牽往公園，工人身背工具箱要趕往下個工作，女人喝完咖啡仍站在路邊嘰喳著愛情，年輕男子穿著滑輪瀟灑而過。眼前的城市景象猶如電動遊戲的背景，邀請觀者啟動電腦搖桿，即時加入螢幕內的奇幻世界。那是他的世界。不在車上的日子，他就跟這些人一樣忙碌，像隻蜜蜂嗡嗡亂飛，四處採蜜。

此刻，他卻像是玩到一半、碰上斷電的遊戲者。遊戲中止，他回到現實。一直扮演尋寶者在城市穿梭的人們忽然意識到自己的人生沒有自己想像中的忙碌，他的人生其實一點也不豐富。那些所謂的生活不過是電腦模擬出來的聲光效果，而自己不過是按照遊戲規則去玩一場模擬人生，你在螢幕上看到的那個人甚至也不是你自己。

他想，都是這該死的塞車。遇上塞車，每個人都需要一個好的心理醫師。因為沒有人遇上了塞車之後不覺得自己可以用一點心理治療。你覺得生氣，惶恐，疑惑，失落，情緒起起伏伏，心境五味雜陳。

該怎麼說呢，該說是夢想與現實的落差，弄得人精神錯亂。因為你正期待前往哪裡，卻被粗暴地留置在某處，就像你原本為自己設定了一個人生目標，以為這條你正在走的路就是你該走的路，結果遇上了塞車，停滯不前，於是你猶疑了，究竟是因為你其實不適合走這條路，還是你就算走了其他路也仍就會遇上同樣的狀況。還有，遇上阻礙究竟單屬你個人的愚蠢，或是普世現象。

他的車子好不容易蹭到了下個路口，他急忙轉調車頭，卻只是直接栽進另一個更無解的車陣。這下，離他要去的地方更遠了。

又是一個人生教訓。以為是暫時換個方向，等一下就繞回來，沒料到，卻從此不能回頭。那個沒愛成的人，那份沒完成的志業，那篇沒寫完的文章，你走開時總以為自己只是隨手擱置一下，馬上回來，轉眼，你卻已經上了不同的高架橋，走了不同的人生軌道，變成一個完全不同的人。

毫無預警地，他想起一段他寧可遺忘的戀情。直到綠燈亮起，其他車輛爭先恐後地往前跑，他的車子仍停在原位不動。

換季

夏日反常漫長，高溫如獸，囂張吞噬了高樓的影子，她依然堅持穿著那雙及膝高跟長筒靴走來走去。

就算太陽把每片屋頂都熔了，雨水把每條地鐵都淹了，她也不可能放棄她的及膝高跟長筒靴，就像她不曾少貼一根假睫毛。

整座城市是她孔雀開屏的展示場。她不懂下水道系統的構造，也不關心那些大人物如何決定所有單行道的方向。縱使都市恆溫，她仍錙銖計較著季節變化，像個辛勤農夫耕耘身上每吋皮膚，擬定穿衣策略，關切百貨公司打折是否落入她信用卡債務的利息循環裡。

沒有戰爭可供抒情，她用眉筆在自己臉上寫詩，錯過革命的年代，她最大的反叛就是在沙漠般的酷夏炎熱之中穿上這雙及膝高跟長筒靴，以扭轉世界的服裝慣性。

男孩要離開的那天，天空落雨。雨滴先是溫熱如人臉流下來的淚珠，慢慢，變成冰冷如剛融化的雪水。瞬間，秋意凌空而降。她任由街邊積水濺溼她整個夏季都脫不掉的及膝高跟長筒靴，戀戀不捨地環顧周遭一切關於夏季即將消失的包括男孩的所有物件。

就要換季了。她輕輕地，滿足地，嘆了一口氣。

笑話裡的孔子

去到哪裡，都有人說他剛走，或馬上就來。

昨天這人還不存在，今日他無所不在。他的名字如夜半無聲無息飄落的雪花，一覺醒來，已經覆滿全城，改變了整座城市的顏色，影響了所有人的生活，填充了社交版面。

忽然，每個人都似乎跟他有點關係。

像是某種時髦的小雪茄，不搞點來抽兩口，就趕不上時代；又像這季轟動全城、一票難求的音樂舞劇，宴會上、咖啡廳裡，人們熱烈討論，看過的人半帶炫耀地發表觀戲感言，尚未觀賞的人搶在他人挑眉質疑之前搶先表態自己手上已握有下周的戲票；更像是一樁令人嘖嘖稱奇的世紀醜聞，人人都無法不談論，幾近著魔般喋喋不休，而且，每回提起他的名字，眼眸便為之一亮。

流行總是一陣一陣地。跟病菌一樣，所有流行的發生也非常之突然。不知從何而來，不知何時結束，不知緣由。流行是肉眼見不到的灰塵，只要在這座城市呼吸的一天，多多少少，都會不知不覺吸進肺裡。眨眼，人人發燒痴迷某種短褲款式、芋泥蛋塔、帶鏈條的皮夾、懶人沙發，爭先去同一家烤肉店訂位，在同一家夜總會門口排隊等著進去，穿同樣的風衣，剪類似的髮型，讀同一本小說。跟上流行的人臉上總有種奇異的滿足笑容，彷彿跟宇宙最高智慧接上軌，從此不疑永生的承諾。

一個人，也會成為一種流行。當這個人開始流行時，他不再是個人，而是概念。城裡的人會像搜尋熱門商品一樣上天下地去找他，找盡管道接近他，想遍辦法變成他的朋友，所以言談之間能夠故作不經意提到他的名號，頓時如魔杖點亮談話的質感，提升佐證的可信度，暗示自己的交遊圈子，就像寫作時掉書袋一樣有效。

「喔，孔子，我昨天在沙灘上散步時才遇見他，」笑話裡，那個絕望地想要加入談話讓其他賓客印象深刻的婦人如此說，「他剛買了輛車，跟我抱怨金融危機讓他的資產起碼縮水了三分之一。」

笑話裡的孔子，後來去了哪裡，就跟那些過了季的玩偶、退了流行的羽毛頭飾一樣，無人得知。也沒人在乎。雪花總是無聲無息地下，蒸發之後也總是無蹤無影。

很久很久之後，有人提到又在路上看見孔子，他破了產，禿了頭，整排黃牙，渾身惡臭，每晚拿水果店丟出來的厚紙箱當棉被，睡在鐵橋下。這次，沒人對孔子的新笑話感興趣，很快轉往其他話題。

流行，不過這麼回事。

神明遊街

這座城市崇拜身體。每一具走在路上的身體，都是一座活動神祇，裝扮濃重，色彩繽紛，散發瑰麗光采。沿途喇叭車陣彷彿樂隊敲鑼打鼓，為過街神靈們奏樂。

身體是一門新宗教，人人虔誠膜拜，細心照料每座乳房、每根頭髮、每隻小腿，謹守進食戒律，禁吃任何會發胖長痘的美食，定期鍛鍊當敲鐘，熱敷冷浴搓拿推揉，裹上一層層油膏，不惜動刀打針，準備萬年不朽。

屬於城市的肌肉並不萎縮也不柔弱，相反地，塞滿了財富的飽滿，並有文明雕塑出來的結實。不，那皮膚不叫蒼白，而是晶瑩剔透，猶如上等瓷器般脆薄透明，跳動著青色血脈，裡面注滿了學名「自愛」、別名「自戀」的化學物質。

然而，城市人的身體並不用來供奉，卻用來縱慾。尤其到了夜裡，意志力薄弱時，人們以夜色防衛，開始撒野，快活踐踏自己平日裝飾過頭的神性。他們痴迷酒精，酗尼古丁，放任濫交，沉迷連續快感，縱使身體已像一片過度使用的草地，依然不肯閉目休養。

據說清晨三點半正是城市的高潮。屆時，惡魔滿天狂舞，所有光亮均奄奄一息，太陽暫時不會升起，城裡全部身體都將睡未睡、似醒非醒，因疲勞不堪而高度敏感，每吋神經隨時一觸即發。如此，他們才感覺自己身體的存在。他們才真正覺得活著。

等待

他不喜歡他居住的城市，從來不以為他會久住下來。自命過客，不加掩飾的外地口音、突兀的打扮連帶他頑固的眼神，彷彿尖銳匕首直勾勾射向那些高傲市民的眼球。怎麼樣，我就是不受教。縱使你文化再絢麗，也無法勾引我。

那套彎彎曲曲的文明遊戲，他不想碰。他只是隨機漂流到此，如果必要，他會盡量建立一個像樣的生活，但是，他沒打算融入這座城市。那些頂樓會所、名牌服飾、高級跑車和名貴地址，與他何干。如果有可能，他想對每個路過的人大喊，對，你們跟我一點關係都沒有。

城市裡，誰都有自己的來歷，有人把身世當作過季衣物埋在衣櫥底層，也有人早早丟進每晚巡迴全城的垃圾車。人們來到這裡，為了將過往拋到腦後。遺忘是城市求生的技能之一；無法忘記，難以重新開始。而他宣稱，我從來不曾要求人生重來，又何必湮滅記憶。我真正想抹去的，並不是我的過去，卻是我的現在。我這個困居城市不快樂的現在。

每天出門，他想，終有一天，我會住在我喜歡的地方，實踐我渴望的理想，遠離周圍這些自私冷漠又自以為是的城市人。屆時，這場城市夢魘將如經日照之後的湖面濃霧消失無蹤。

他等待。像當年那個鄉下孩子等待離開他的村子，他等著離開他的城市。

異國

一座城市再大能有多大，每天走動也不過那幾條街。

住這條窄巷，去隔壁公園運動，到街口搭車，往上班地點，在公司樓下吃飯，沿同條高架橋回家，看著相同風景線。周末跟人約在城的另一頭，為了不遲到，必須比平常日子更早起，慎重戴頂帽子，心情彷如出遠門旅遊，因不知道他鄉的陽光溫度而在臉上塗抹防曬油。

電視播著美國電影，收音機報導阿富汗新聞，德國咖啡機煮出爪哇咖啡，穿上日本製大衣，在電梯撞見鄰居，對方的眼神似乎在質疑，我如何取得這棟公寓的專屬簽證。我們互相聳聳肩。根據那個藏在各自腦子的地球儀，鄰居之間的距離還不及東京與倫敦之間來得遙遠。四海之內皆兄弟，所有鄰居卻都看起來像是可疑的非法移民。

人們固守著自己的街角，宛如用一條隱形邊界圈起來的城中之城。一個老婆婆活到九十多歲，始終沒離開她出生的那條街。她在街邊行人道度過童年，最遠去到街底的學校，嫁給了鄰人的兒子。她的孩子們遠渡重洋為了發現所謂的世界，她說她的世界就在這條街上。

當我從五條街外跋涉到她的世界，她認定我是個不畏險阻的勇敢旅人。

因分類而同類

由於堅信自己城市的偉大，人們也不願活得庸碌。

他們不時為自己買點時髦衣物，添購功能複雜的科技產品，在傢俱店裡皺眉長考哪款減價家電才能彰顯真我本色，在餐廳裡細心挑選飲料以定義自我性格。我只喝黑咖啡，我不碰紅肉，我拒搭公車。

微涼的初冬早晨，他們像鳥兒一群群散聚城市的各個角落，拼著全部人生熱情，滔滔不絕向彼此解說自己的喜好。討厭這電影，厭倦了那店，愛死這街，多麼想多麼想跟那人生活一輩子，即使昨晚才初次見面。

這些喜歡跟不喜歡，細瑣無聊，不究理由，純粹主觀，對這些終日習慣無名的都市人來說卻至關緊要。

他們要的，就是一點自我分類的快樂，縱使明知那種掌握自我人生的快感其實虛妄而膚淺。他們依然每天精心整裝，勾勒自以為的長相，像名勇赴戰場爭取光榮的士兵，堅決衝入洶湧人潮之中，很快，便淹沒於一大群同樣裝備五顏六色的士兵裡。

熱切追求分類，卻因追求相同而終究同類。而他們不以為扞格。他們坐在咖啡館裡聊天的神情有種物以類聚的愉快。

當在地鐵上相遇，他們將迅速墜入情網。

進廠維修

需要定期檢驗的不只是電梯或汽車或汙水系統，還有人體。彷彿大家終於痛下決心承認城市生活真的不如電視廣告所宣稱的「一場迷幻醉人的華麗饗宴」，而是一項龐大複雜冰冷無情的機械工程，而每個生活其中的人類均只是一小塊零件，為了防止臨時故障，妨害整體運轉，因此需要時時檢查零件，等不及損壞，稍有磨損就該考慮替換，於是發明了健康檢查這個流行商品，鼓勵所有人把自己的身體當做電梯維修。

每個人進了門，先去櫃檯登記，繳交今晨在家才新鮮裝瓶的尿液糞便樣本，領張包在塑膠套的名牌，掛在頸間，上頭沒有名字只標了號碼。

換上一套前胸後背均能像窗簾任意掀開的長袖衣褲，男人著藍，女人穿赭，身體曲線隱遁，他們進門之前的身分個性也隨之匿跡。脫了肘部破損的舊外套，褪了性感貼身的絲質印花洋裝，去了無名指那圈校友紀念戒指，少了當季新款名牌包，眼前只是一具具肉體，不再是教授、情婦、法官、祕書，而是一台台等著回廠維修的機器。

負責檢驗的醫護人員讓這些機齡不一、尺寸不同的機器坐在等候區，等待指令。機器們垂頭喪氣，猶如遭人拔掉電池，沒了平時走在街上的高傲氣燄，個個安靜無力，神情忐忑不安。一圈深色沙發圍著迷你水池，池底鋪白石，淺水流過，中間長著一叢高大的人造蒲草，綠意盎然卻僵硬筆直，倒也不倒，對衰敗毫無低頭妥協的意思，不似人體容易對時間投降。

他們來喊你時，不叫你的名字，而是你身上配戴的號碼。沒有了馬先生或胡小姐，只有一百八十六號，三十四號，七十二號。不知道死神是否也是如此點名，拿著上帝工廠的出品記錄簿子，喊著在凡間鬼混的我們，像懶老師不記得學生名字，只能依序吆喝學生的學號。叫到號碼的人便乖乖站起來，跟隨穿戴白色的制服人員進到不同房間。裡面擺滿儀器，專門從人體讀取各種數據，身高、體重、血壓、脂肪率、膽固醇指數、心跳，用超音波探測你的身體地圖，從口塞胃鏡，由肛門伸直鏡，把你的腸胃當作城市的街道漫遊，像名外來觀光客般觀察拍照，評估你的旅遊價值。離開了你的體內巷弄，接著，宛如旅人登高城邊丘陵鳥瞰，拍張城市平面圖，他們用X光線透視你的骨骼內臟，攝下你的肉體藍圖，發現一朵凝眼烏雲遮蔽了你的肺部。

檢查結束之後，那些沒有毛病的身體便被印上合格章，釋放回去街上，他們又重新穿回他們的時髦襯衫，皮夾裡塞滿孩子照片、賓館收據、身分證件、信用卡和少量現金，戴著墨鏡滿臉高深莫測坐在燈光黯淡的餐廳裡，半裸躺在公園草地上曬太陽炫耀自己依然強盛的性魅力，邊從地鐵深處跳出來，邊大聲講手機，唯恐全天下不曉得他還好好活著。追趕著生活，算計著名聲財富，繼續當他們的教授、情婦、法官、祕書，依然天天注重飲食養生，卻又抱怨人生不值得活，像天竺鼠在籠子跑圈一樣去健身房上跑步機，稍有一點咳嗽便懷疑自己得了癌症，沒事吞一堆維他命丸，直到下一次定期檢驗，直到再也不需要健康檢查為止。

一旦檢驗不及格，馬上當作有瑕疵的汽車駐廠整修，換零件加機油，部分板金。要是小技術修不了，就會開腸破肚，切除壞死部分，縫縫補補，有時乾脆換掉整部引擎。醫院就像人體的修車廠，醫護人員則是高級技工，專修堪稱世間最精密儀器的我們的肉體。有些舊車稍微整理一下又能跑得很好，也有新車剛出廠沒幾年，卻動不動就得大修，每每檢修完畢剛上路不久，便氣喘吁吁，冷汗涔流，暈倒在路邊拋錨，不得不呼叫拖吊車將它虛弱的病體儘速拉回廠。縱使科技發達，醫學手段有時盡，當某些身體陷入無以修復的境地，此時，只好宣布報廢。報廢了的人體比起汽車更容易處理，不用老遠拖到沙漠廢棄，也不必運到廢金場拆解，一把火就燒個精光，瞬間回歸塵土。乾淨零汙染。人類最環保的行為就是死亡。死亡逼迫所有人回收。

然而，滿滿都是新鮮肉體的城市街道其實不去思考這些問題。遭到淘汰的人體，就像一般都市垃圾，他們出現的方式與消失的時刻，都沒人關心。存在就存在，不見就不見。反正空出來的位置，立刻會有人補上。一個人的生跟死，對城市來說，只是補貨的動作。健康檢查，則是用來確保貨物的有效期。

I

末日

人們幻想，末日是一場失控的嘉年華。屆時一切規矩都將消失，禁忌都會打破，而壓抑已久的人心終於可以為所欲為。末日真正發生的隔天早晨，一向喧囂猖狂的城市卻更像海潮退盡的大片裸露沙灘，空曠而寂寥，彷彿回到天地尚未開闢的洪荒時代，一切都尚未發生。

人們總是抱怨自己活在末日裡。

證據是該死的交通永遠打結，街車整齊排列猶如小學生等著放學，唯獨下課鐘聲遲遲不響。引擎仍在運轉，車子卻不動，人還在呼吸，心情卻死沉沉，唯一還有脈搏跳動的只有計程車費。

證據在灰濛濛的天色。大樓終年壓頂，陽光像朝九晚五的薪水族似地縮頭縮腦，空氣混濁，四下呼吸不到新鮮的希望，只有日積月累的悔恨，宛如無法腐爛的都市垃圾，逐漸氾濫成災。

證據也在生活各方面無論如何始終入不敷出。金錢、感情、時間、精力，投資報酬率總是低得絕望。薪水太低，工作太多；睡眠太淺，慾望太高；感情太強，行動太少。不知為了什麼，就是得不到自己口中那股金黃色的幸福感。

證據就是你離開了我。曾經轟動登場的濃情繾綣，好比早早下檔的戲院電影，過了周末，連主角是誰都回憶不起。證據還有雨天拒載的計程車，頤指氣使的公司老闆，神氣兮兮的名牌店，嚴重積水的浴室地板，老舊不堪使用的空調系統，貴得離譜的餐廳，以及所有擋路的行人。

末日，早已成為慣常的都市心情。那是方便詛咒全世界的手段，容許自私的特權，誘出任性放縱的需求。

世界都要毀了，你管我作什麼。

來吧，喝個爛醉，砸碎酒瓶，高唱不成調的戀曲，任誰迎面而來，只想放肆嘔吐在對方身上。明明因為情人嚴重口臭才斷然分手，卻抱著破碎的心情，上街大肆掃購減價貨。上網抒發孤獨的痛苦，坦承寂寞要人陪，同時悄悄把討厭的臉孔從聯絡簿刪掉，現實生活裡，三天三夜不肯跟任何人說上一句話。清楚戒菸就能讓身體好轉，依然邊吐煙邊鄙夷那些天天早起去爬山的人。因為覺得生命隨時都會走到盡頭，又何苦在乎那麼點銀行數字，先把櫥窗裡那雙單價高如鑽石的羊皮手套買下來再說，縱使不知能否活到冬季第一天。

末日，乃是一個堂堂正正的藉口，供都市人縱慾，狂歡，囂張，不拘小節又斤斤計較，擺明了厭世又拼命戀世，一會兒愛，一會兒恨，一會兒又說無感無覺。在兩頭之間擺盪，他求的是極端。什麼都行，就是不能普通。樓高還要更高，燈燦還要更燦，奢華沒有極限，感官爆破尺度。萬事皆要超乎尋常。

末日當真發生的那一刻，天搖地晃，大廈的鋼筋骨骼咯咯作響，樹木彷彿患了軟骨症般一直站不住，路面裂開，高架橋折斷，車輛掉入海灣，超市貨架倒塌，玻璃碎了滿地。地震說走就走了，就跟它來時一樣毫無預警。

一片死寂。驚魂未定的都市人想，死亡是否就是這般滋味。

遠方，宛如戰車轟轟，打破暫時寂靜，尾隨地震腳步的海水隨即大量倒灌進城。就像一個穿了大型蝴蝶袖的巨人格利佛進了小人國，所到之處，她隨手掃起她的蝴蝶袖，所有地面上的生物與無生物應聲破滅。

看似熱情洋溢的海洋原來這麼冰冷無情，而今每個浸泡在海裡的都市人禁不住這麼想。而他們活著的時候多麼渴望去海邊度假啊，他們慳錢如命，拼命儲蓄，就為了有天能遠離這座宛如末世的城市，去到一道美麗海灘，享受清風，坐在棕櫚樹下舔著瑪格麗特酒杯緣的鹽粒。他們以為大海必定有著溫暖舒適的臂彎。

海水沖毀了人們對假期的幻想，也沖壞了他們的城市。當核能電廠故障，二氧化碳再加輻射線飄浮滿城天空，失去電力、瓦斯、空調、熱水、電信的都市人坐在狹窄的公寓空間，褪成了裸猿，忽然，懷念起擺滿香噴噴糕點的麵包店，超市老是堆得太高的白色衛生紙，停在商場門口等著接客的計程車，尖峰時刻的地鐵人群，永遠需要排隊的茶餐廳，他想起隔壁那個緊張起來就咬指頭的女同事，見面就問他吃飯了沒的父母，一畢業就被他切斷聯繫的高中同學，還有前天才用簡訊分手的情人。他現在只求能聞聞她頸後的香氣，拉她的手一起上街，做些最平常不過的事情，像是坐在咖啡館喝咖啡，去麵店吃一碗冒熱氣的湯麵，站在路邊為了一句無聊話當眾吵嘴，然後回家上床做愛，邊看電視邊罵俗氣。

他拉開窗簾，看著外面空空如也的街頭。城市失去了靈魂，只剩下破碎的軀殼。末日已至。而他只盼望著趕緊打起領帶，跟都市其他人一起擠大眾運輸工具，開始他尋常的一天。

復活

這塊叫廢墟的荒野，以前是座城市。

據說，每晚夜幕低垂，滿城燈火燃亮，璀璨如寶石遍地，一哩又一哩綿延不絕，直到夜的盡頭。看著那份超乎各類想像的壯麗景觀，任何人都以為這座城市永不沒落。亞提蘭提斯城的子民抑或龐貝城的公民，當年或許便是抱著如此信心，不信詩人的預言，嘲笑智者的警告，安心縱情聲色，夜夜笙歌，直到大規模地震果真如期發生，火山爆發，岩漿朝四方噴發，引發巨型海嘯，自此把他們和他們的城市從地圖上徹底而永久地塗掉。

最後一刻，他們都還以為他們發達的城市文明必定能夠拯救他們。

我還來不及目睹這座城市的輝煌歲月，它早已消逝，湮滅於山谷草叢之中，當年如森矗天的壯觀樓群，如今只剩下了露出地面宛如老人牙根的一點地基。隨便一朵不起眼的野花就能踩在昔日城市權貴的頭上。

之後，我回到我的城市。我稱它為自己的城市，雖然我才搬進它的領域不過三百五十個日子，但，除了城市，我沒有其他故鄉。對一個城市人來說，故鄉不過是上一座我剛剛離開的城市，我把當下居住的城市稱之為家。當城市沉淪，我其實無處可去，只能跟著一道沉淪。

末日預言滿天飛時，我同其他人一貫無動於衷。不是不認為自己罪愆滿身，也不是不相信天譴，只是身為城市人，都會悲觀以為這是住在城市所必然付出的代價。

終於，那一天，城外發電廠傳出爆炸，核子反應爐接二連三冒出濃烈黑煙，城裡，路樹依然翠綠如新，晴空澄藍似海，高樓照常閃耀資本冷光，柏油路面黑亮，之前發生過的地震以及緊隨而來的海嘯並沒有成功嚇阻這座城市，改變人們的生活方式。短暫天搖地動之後，城市很快恢復尋常，商店推廣減價活動，車輛不客氣搶道，人們仍站在街角打手機，準備當晚酩酊大醉。雖然無形無味的輻射塵迅速如看不見的雲層布滿天際，城市景物不變，涼風悠悠，富人窮人呼吸同一份空氣，水龍頭汩汩而流，孩童蹲在土壤已遭汙染的幼稚園花圃上戲耍，主婦使用充滿有毒物質的材料做飯，一堆人們叫不出名字的化學軍隊無聲無息占領了城市，全城一派若無其事。

直到夜幕降下，在這個新的夜晚，宛如有人關上燦爛星空的總開關，城市陷入一片沉默黑暗，就跟前夜的喧囂光輝一樣無盡無邊。

沒有了光亮，城市便失去了生命。一座遭暗夜吞噬的城市，馬上驚動了其他城市。烽火連夜燃燒報信，沒多久，鄰近城市都獲知了這則恐怖消息。

天亮之後，自這座城市進入現代歷史以來，頭一次破天荒，運送牛奶的貨車沒有準時進城，事實上，載運草莓、菠菜、白蘿蔔、黃瓜、番茄、水蜜桃、新鮮肉類與乳製品的貨車也沒有出現。超級市場不能補貨，只得讓貨架空蕩蕩地開門，店主難堪地站在門口向顧客鞠躬致歉。早餐店沒有如常開張，雞蛋缺貨讓麵包分量少了，咖啡館不能打雪白奶泡，城裡人勉強空腹上班上學，到了地鐵站，才發現列車沒電發動。停駛後的車站就像我那天見到的廢墟一樣停滿烏鴉，好像時光早已停止許久，月台聞上去竟有股灰塵味。電動馬桶不能再盡責地環保沖水了，冷氣機也動不了，公園裡原本按照季節綻放的花卉就跟城裡人一樣對都市溫度感到困惑不解，竟然提前一個月開花，又早早凋謝。

城市原來也會死亡，就像銀行也會倒閉、國家也能破產，但事情發生之前，活在這個世紀的人們往往不相信。

人們總是太信任城市的重生能力。以為無論發生什麼事，只要倒頭呼呼大睡，隔晨，城市自動煥然一新。賣空了的貨架會補滿，壞掉了的電腦會換新，煩膩了的音樂會過時，不愛了的情人會消失，倒掉了的商店會再開。明天，永遠有明天。每個明天，在城裡，都是新生命第一天，都是美好開始的保證。

住慣了城市，誰不變敗家子。每個城市人都被寵成嚴苛的品味大師，對生活每個細節吹毛求疵。麵包啃一口就扔掉，新鞋顏色不愛便丟棄，換餐廳比換床單還勤，習慣街道永遠燈火通明，認定商店本該琳琅滿目，獨處一分鐘頓覺無聊，多走一步路會怨累，公車誤點便咒罵上天，等電梯超沒耐心，放任寵物在人行道撒尿拉屎，又對流浪狗拳打腳踢，淋點雨髮型塌了就會心情不好一整天。我們多麼容易對生命厭倦啊，又多麼喜歡挑剔我們所擁有的。現在回想起來，那種日子其實是一種特權。

當人們抱怨大城市殘酷不仁，實際上，人們對城市未見得溫情善良。建築老了就拆掉，社區舊了就翻新，河川臭了就填平。沒有皮毛禦寒也不能潛冰漁獵的人類創造了城市這頭怪獸來保護自己，並且不斷用高科技去改造它的功能長相，馴服它的性情，直到它完全聽令於我們的指令。整座城市縮小成一個牆面上的開關：開，燈亮了，眼睜了，電話通了，車來了，提款機吐錢，熱水流淌，娛樂開始，愛情即刻發生；關，燈熄了，眼閉了，電話掛了，車熄了，提款機閉嘴，熱水停歇，娛樂結束，愛情恰如其願地戛然中止。

未來之城裡，幸福的想像只剩下慾望。人生就像站在一台巨大自動販賣機前不斷投下硬幣一直挑選的重複過程：公寓，銀行帳戶，兩個朋友，一份薪水，地鐵月票，電信，電力和瓦斯。（愛情或家庭可有可無，身上多枚硬幣時才考慮。）這台自動販賣機為了服務目的而建造，人們自以為控制這台機器，隨著機器越來越大，功能越來越多，人們生活越來越安逸，最後，人們根本離不開這台機器，機器反倒過來控制了人們。因為懶惰，因為害怕，縱使聽說有股黑暗勢力控制了全城，自動販賣機系統內部正在腐朽解體，即使明白目前這種生活方式不可能一直持續下去，只要不妨礙當下的快活，我便懶得過問。城市生活只追求舒適兩字，超乎自動販賣機之外的其他選項因為太過麻煩，而主動刪除。

城市正式崩毀的前夜，每一個人學鴕鳥把頭插入土裡，忙碌靠根指頭得到豐裕物質，而不去質疑這份生活的正當性。每道人性慾望都值得書寫，每條私密情感都需要認真剖析，包括做愛姿勢、親子關係，包括每天下午四點體內定時湧現的那股淡淡哀愁，包括宣稱不敢過馬路因此搭電梯從地下車庫開車出來，多繞兩條單行道，只為了去對街餐廳吃頓簡易午飯，都市傳奇一直比生命現實更為重要。費盡心力探究為何一個人的童年會讓他想要在深夜酒吧戴副深黑墨鏡，吐出「我想要橘黃色的愛情」的句子，但，電燈發亮卻天經地義，就跟夏天有冰塊混入檸檬水、隨時扭開水龍頭就有熱水泡澡一樣無庸置疑，屬於環境自然，不需研究。不問電源從哪裡來，也不想知道核廢料成分，認為插上插頭，電流就該源源不絕。當夏日坐在咖啡館吹冷氣喝冰鎮花茶時，人們只關心自己的性慾跟所謂的愛情，垃圾廠因為不浪漫，便不在調情範圍內，也不會被寫進流行情歌裡。而核能發電廠更在很遠很遠的地方，存在新聞畫面，存在小說裡，存在貧窮鄉村，但不在自己的生活之內，更不在我們的腦海裡。

城市宛如一具身體，而城市人是這具身體的主人。當身體青春美麗，無痛無病，主人根本不曾意識到它的存在，為了一點或深層或即興的慾望，日夜拿它做各種冒險，從事各類實驗。每一吋的人類生活，都在一點點一點點耗費這具身體的生命力。當身體終於出了毛病，膝蓋痛風，腎臟出血，還是斷了手掌，主人才開始發現原來自己有具身體，而且這具身體即將變成靈魂的負擔，不是你想去哪裡，它就能跟去。

總是在失去的那一刻，才體會事物的珍貴性。像是自由自在呼吸的權利，想喝水就喝水的不加思索，希望奔跑只要拉開腳步就能奔跑，不必通電也能享受觸電的感覺。人們愛花時間詛咒都市這副軀殼，而當這副軀殼真正殘破無用之際，一向彷彿天底下沒什麼事能叫他挑高一根眉毛的城市人終於驚慌失措，宣稱沒有了它自己將會活不下去。

不能喝水了，不能呼吸了，拼命存錢搶購得來的那雙名牌鞋忽然顯得荒謬無用，記得昨天還在抱怨城市沒法停車，現在卻為了必須排隊買石油而懷念尋找停車位的樂趣。不敢再上餐廳，因為不知道他們會拿什麼水餵你，站在超級市場排隊買配量礦泉水，面對存貨不多的食物冷凍庫，戰戰兢兢檢查食材產地，吞下都市人的傲慢，開始學認其他鄉鎮的地理位置。口罩又成了當季最熱門時尚配件，頓時四處缺貨。路上人人都蒙上一條口罩，遮蓋掉大半出門前細心修飾的臉龐，神態提防，彷彿準備犯案的銀行大盜般鬼祟不自然。彼此擦肩而過之際，便迅速狐疑互瞥。無奈，能夠一舉消滅大部分城市人口的輻射塵、非典型肺炎或瘟疫，不是目光犀利就能探測得出。

剛開始還保持鎮靜的人們終究沉不住氣，爭先恐後儘速離開陷入末日情境的己城，去到炫耀末日情調的遙遠他城，那裡，雖然也同樣設有核能電廠、煉油廠，地底下埋著密密麻麻的地下鐵、瓦斯管和汙水道，都市神話畢竟尚未破滅，「末日情調」仍只是酒吧供應的一款雞尾酒口味。然而，恐慌卻跟輻射塵一樣隨風飄散各地，無一城市倖免。這座城市搶水，那座城市搶鹽，另一座城市搶石油，還有城市高嚷著丟棄全部進口食物。

人類害怕自己的死亡，更勝擔憂城市的毀滅。奄奄一息的城市，若不能及時回復生氣，終將像破輪胎一樣遭城市人現實拋棄。誰會捨得將那麼美麗的大吳哥城拋入蠻荒叢林，任其埋沒，不會是什麼憤怒的神，恐怕只是驕縱的人。他建了這座偉大的城市，他也能明天就毀了它。只因它已經無能提供他一套隨心所欲的便利生活。城市的繁華，如同少年的純真，一旦失去便不再復返。森林尚會重生，城市不會復活，而是直接變成宛如墓地的廢墟。縱使清風吹過廢墟的深草，後來的人也不會聽見什麼故事，他只會試圖在遺址之上新蓋一座規模更壯闊的夢幻之都。當他為了準備新城市的地基，挖開大地，深鑿岩層，一些遠古化石將會出土，裡頭既有恐龍的爪、蝸牛的殼、銀杏的葉，也有人類的城。

他會寶貝恐龍爪、蝸牛殼及銀杏葉，因為那些珍貴化石敘說了整部浩瀚地球史。但我懷疑他會多看一眼我的城市的遺跡。因為人類對他人的愚行總是沒啥興趣。尤其城市人總是自以為聰明，懷抱不知從何而來的高度優越感。即使大樓門房也神氣覺得土財主不及自己見多識廣。住在城市，讓他有見過世面的錯覺。他以為只要他見識過一座城市，他就知曉人類社會的全部祕密。

到了後來，城市人的自大成為他的救贖。雖然地鐵停駛，麵包店從四十種麵包口味減至五種，三天前搶購一空的衛生紙遲遲未見進貨，白天停電，傍晚停水，婦女差一點考慮為了咖啡去賣淫，每個城市人卻仍都穿著精細，昂首闊步，好像眼前最重要的事情仍是趕去這季最酷的爵士樂酒吧喝酒聽音樂，而不是清除空氣中的輻射塵。即便超市架上沒多少生鮮蔬菜，他們也不曾顯現一絲憂慮，拿起店裡僅存唯一的優酪乳口味，他們花時間仔細讀著標籤，好像那是一份明列股票行情的財經報紙。明明在排隊買瓶裝水，下巴卻高傲如貴婦在等待名牌店開門讓自己進去買個價錢上萬的手袋，看見帶著嬰兒的年輕媽媽，不吭一聲默默優先讓位，雖然臉上表情仍舊那麼沒道理的不可一世。不搶、不擠、不哭、不鬧，城市人平常令人討厭的冷漠個性，在城市緊急陷落之際，竟成了值得稱讚的冷靜特質。他的愛面子，他的自以為是，讓他拿出頑強的自尊，照常過著他的日子。即使未來在他眼前全面轟然崩毀，也不眨一眼。

這是他的城市智慧，萬事沒什麼大不了，再大的災難如同再美的繁華都遲早會過去。這座城市什麼都有，就是沒有永恆這件事。城市既是生養他的母親，也是教育他的父親，他所認識的世界就從他生活的這條街開始。街上，貧窮與富貴作鄰居，薪水卑微卻情感慷慨，腰纏萬貫但人生貧窮，蕩婦的心其實純如真金，貞女反倒刻薄不饒人，惡人注重家庭族親，好人忍痛六親不認，無權者遠比在上位者勇敢，黑道的規矩有時比白道還更明確。他那雙自認看盡滄桑的眼睛，閃耀著狡獪的光芒，堅信世事多變，生命原來無常。核爆，也不過是離開世界的另一種方式。一個真正的城市人會這麼告訴你。用腦袋想想，城市還有空氣汙染、車禍、食物中毒、瘟疫、謀殺、搶劫、瓦斯爆炸各種方式奪走你的性命，每天出門都該心理準備今晚不會回家。真要說起死亡，談個戀愛，也能心碎而死。城市人又點菸的點菸，灌酒的灌酒，撲粉的撲粉，八卦的八卦。雖然今晚只能捻亮幾盞燈，而且喝完這瓶酒就不能續杯，也不能破壞城市人活著的興致。沒有什麼能叫城市人大驚小怪的，即使明天起床之後再沒有太陽，他們頂多愁苦個幾分鐘，聳聳肩，也能找出方法收拾衣領，昂首挺胸，只為了證明自己是個成熟世故的聰明城市人，不是容易驚慌的無知鄉巴佬。

城市或許會毀滅。但，城市人，這種生物就跟蟑螂一樣，將在城市消逝之後繼續存活許久許久。只要地球上還有一個城市人活著，他就會再造一座新的城市。

城市或許會毀滅。
但，只要地球上還有一個城市人活著，
他就會再造一座新的城市。

城市的憂鬱

City Blues

作者｜胡晴舫
總編輯｜富察
責任編輯｜洪源鴻
企劃｜蔡慧華、趙凰佑
封面設計｜ Rivers Yang × Aaron Nieh at 永真急制
內頁排版｜許紘維

社長｜郭重興
發行人兼出版總監｜曾大福
出版發行｜八旗文化／遠足文化事業股份有限公司
地址｜新北市新店區民權路 108-2 號 9 樓
客服專線｜ 0800-221029
信箱｜ gusa0601@gmail.com
傳真｜ 02-86671065
Facebook ｜ facebook.com/gusapublishing
法律顧問｜華洋法律事務所／蘇文生律師
印刷｜成陽印刷股份有限公司

出版｜ 2017 年 11 月　初版一刷
定價｜ 350 元

國家圖書館出版品
預行編目（CIP）資料

城市的憂鬱／胡晴舫著／二版／新北市
八旗文化出版／遠足文化發行／2017.11
ISBN 978-986-954186-2（平裝）
855　　106016602